Geister

Pit

Stories

Weihnacht

Idee, Design & Layout: PiT

Alle Stories sind frei erfunden

<u>Impressum</u>

Herstellung und Verlag:
BoD - Books on Demand, Norderstedt
ISBN

Inhalt

Flaschenpost aus dem Jenseits

Jenny liebte es, ihren Urlaub am Meer zu verbringen. Immer, wenn es ihr möglich war, fuhr sie dorthin. Und wenn die kühle Seeluft um ihre Ohren blies, fühlte sie sich so richtig wohl. Auch im Sommer des Jahres 2002 war das wieder so. Bereits drei Tage genoss sie schon ihren Urlaub und das Wetter war herrlich. Die Sonne schien und sie konnte jeden Tag am Strand liegen. An einem besonders heißen Tag musste sie sich oft im Wasser abkühlen, damit sie es in der Sonne aushalten konnte. Sie schwamm weit hinaus und tauchte ab und zu mit ihrem Kopf in das kühle Wasser. Plötzlich stieß sie an einen harten Gegenstand. Erschrocken schaute sie sich um und entdeckte vor sich eine kleine Flasche, die munter auf den Wogen tanzte. Natürlich wunderte sie sich über dieses seltsame Fundstück, doch sie ergriff es und schwamm zum Strand zurück. Sie hatte keine Zweifel, dass es sich um eine Flaschenpost handelte. In ihrer kleinen Strandburg betrachtete sie sich die Flasche etwas genauer. In ihrem Inneren entdeckte sie einen eingerollten Zettel, war das ein Brief? Mit einem Stein zerschlug sie die Flasche und nahm den Zettel an sich. Bisher hielt sie das Ganze für einen großen Spaß, doch als sie den Zettel las, verging ihr das Lachen. Der Zettel war in englischer Sprache verfasst. Darauf stand: „Ich bin Toni Miller. Ein Schiff ist in Seenot, die „Corona-Star"! An Bord sind etwa 150 Passagiere. Sie wurden im dichten Nebel von irgendetwas gerammt. Wenn Sie diese Nachricht lesen, kommen sie und rettet Sie die Leute. Vielleicht haben sie noch eine Chance. Danke, T.M.!" Nervös faltete Jenny den Zettel zusammen und sammelte die Scherben der Flasche auf, um sie in eine alte Einkauftüte zu werfen. Sollte sie diese Flaschenpost ernst nehmen? Doch an wen sollte sie sich wenden? Vielleicht wusste die örtliche Polizei Rat. Sie packte ihre Sachen zusammen und lief los. Bei der Polizei legte sie den Zettel vor und die begannen nach anfänglichen Bedenken mit den Ermittlungen. Jenny war nicht sehr wohl bei dem Gedanken, dass vielleicht zur gleichen Zeit so viele Menschen in Not sein könnten. Das Schiff, die „Corona-Star" gab es tatsächlich und sie war bereits auf dem Weg. Doch es gab weder eine Katastrophe, noch waren Menschen in Not. Es konnte nichts unternommen werden. Dennoch ließ Jenny diese Nachricht keine Ruhe. Sie hatte das untrügliche Gefühl, dass dem Schiff nichts Gutes bevorstand. Von ihrer Mutter hatte sie diese Gabe für Vorahnungen geerbt. Und schon oft wurden sie dadurch vor Schlimmerem bewahrt. Sie musste unbedingt Kontakt zum Kapitän des Schiffes aufnehmen. Von der Polizei erfuhr sie, wie sie mit dem Schiff in Kontakt treten konnte. Sie rief beim Kapitän an und der zeigte sich sehr verständig. Jenny meinte, dass sein Schiff möglicherweise mit etwas Unbekanntem kollidieren könnte. Und da sich die „Corona-Star" bereits vor einer dichten Nebelwand befand, ließ er das Schiff vorsichtshalber evakuieren. Kaum hatte er die Passagiere zu drei in der Nähe befindlichen Fischkuttern bringen lassen, geschah das Unglück. Aus der Luft ertönte ein ohrenbetäubendes Pfeifen, dann schlug mit lautem Knall etwas Großes auf das Schiff. Es stellte sich heraus, dass ein Meteorit aus dem All auf das Schiff gestürzt war. Er zerstörte einige Kabinen und riss außerdem ein riesiges Loch in den Rumpf. Im dichten Nebel sank das Schiff innerhalb weniger Stunden. Hätte der Kapitän nicht rechtzeitig die Menschen auf dem Schiff evakuieren lassen, wären viele ums Leben gekommen. Jenny konnte es einfach nicht fassen. Die Katastrophe fand tatsächlich statt! Doch das aller seltsamste war, dass die Flaschenpost von keinem der Geretteten abgeschickt wurde. Weder unter den Passagieren noch in der Mannschaft des Schiffes gab es einen Toni Miller. Vielleicht hatte jemand unter einem falschen Namen die Flaschenpost verfasst? Als sie den Zettel noch einmal genauer betrachtete, bemerkte sie, dass es sich um ein abgerissenes Stück eines Kalenders handelte. Darauf stand ein Name, vielleicht der des Schiffes, Jenny las: „Andrea Doria". Auch das Datum konnte man noch erkennen. Es war der 25. Juli, der Tag, an welchem die Andrea Doria damals mit einem anderen Schiff kollidierte. Bei Jennys weiteren Recherchen kam außerdem ans Licht, dass sich an Bord der „Andrea Doria" auch ein Passagier namens Toni Miller befand.

Die Bombe

Ein Radiosender war in die Luft geflogen. Es hieß, dort waren Terroristen am Werk und die hätten schließlich die Bombe gezündet. Glücklicherweise kam niemand ums Leben, doch die Gefahr war da. Und als dann auch noch die unfassbare Nachricht die Runde machte, dass eben diese Terroristen im Besitz einer Wasserstoffbombe seien, war die Panik groß! Nicht der Radiosender schien mehr Thema und auch nicht die Tatsache, dass es Terroristen waren, nein, die H-Bombe beherrschte von nun an die Medienwelt. Leider wurde nicht richtig recherchiert und die alte Krankheit der Desinformation grassierte mal wieder gefährlich durch die Lande. Dennoch glichen die großen Städte bestens bewachten Festungen, die wirklich alle technischen und menschlichen Möglichkeiten zu nutzen im Stande waren. Tatsächlich erschien wohl niemand mehr vor den Kontrollen der Einsatzkräfte und der neu gegründeten Androiden-Streifen (Roboter-Polizei), die seit einigen Tagen die Straßen durchquerten, sicher. Gegen die Androiden gab es keinerlei Waffen. Sie steckten alles weg und es schien, als wenn sich die Terroristen angesichts der übermächtigen Kontrollen nichts mehr getrauten. Brent wusste von alledem und wollte dem bösartigen Treiben ein Ende setzen. Er war Terroristenjäger und er glaubte sich auf der richtigen Spur. Die Androiden-Polizei lief beinahe stündlich Streife und Brent musste sich vor ihnen verbergen. Er wollte an den Stadtrand, um sich unerkannt mit einem der Terroristen, von dem er hoffte, er würde hinter alledem stecken, zu treffen. Als er in seinem Briefkasten jedoch ein mysteriöses Schreiben vorfand, in welchem angekündigt wurde, dass die H-Bombe schon in wenigen Stunden hochgehen sollte, wusste er auf einmal doch nicht mehr, an welchem Ende er suchen sollte. All seine Vermutungen, all sein Spürsinn schien falsch zu sein. Er kannte Namen, Hintermänner und Verflechtungen, doch diese Schrift, in welcher der Brief verfasst wurde – noch nie hatte er sie gesehen. Wieder war er am Anfang und er wusste einfach nicht mehr weiter. Nachdenklich saß er am Ufer der portugiesischen Atlantikküste und überlegte. Es dämmerte bereits und das Meer lag ruhig und friedlich, so, wie es immer war, vor ihm. Plötzlich und wie aus dem Dunkel der Nacht entsprungen fuhr ein greller Blitz aus den Wolken. Brent wollte schon nach Hause eilen, weil er glaubte, ein Gewitter beginnt, aber es folgte kein Donner. Auch einen weiteren Blitz gab es nicht, dafür bildete sich vor ihm ein rechteckiger lichtdurchfluteter Kasten. Ängstlich und erschrocken versteckte sich der sonst so mutige Brent hinter einem Felsen. Der Lichtkasten war mannshoch und schien wie ein Korridor, ein Korridor nach irgendwohin. Brent rieb sich die Augen, wollte all das einfach nicht glauben – vielleicht spielte ihm sein Verstand einen Streich, vielleicht war aber auch die Aufregung der letzten Tage und Stunden einfach viel zu viel?

Aus dem Lichtkasten trat ein fremder Mann in einem blauen Anzug auf den steinigen Weg. Er blickte sich nach allen Seiten um und schien sich irgendwie nicht zurechtzufinden. Brent überlegte, sollte er sich zeigen? Sollte er seine sichere Deckung verlassen, um den Fremden anzusprechen? Er musste es wagen, er wollte es so! Und so verließ er ein wenig zögerlich seine Deckung und stand Augenblicke später vor dem fremden Mann. Plötzlich verschwand das Lichtfenster und nur die blutrote Sonne versank im atemberaubend blankgeputzten Ozean. Da standen sie nun, zwei Menschen, von denen keiner wusste, wen er gerade vor sich hatte. Brent fasste sich als erster. „Wer bist du? Woher kommst du", stieß er hervor und wartete dann eine Weile ab. Der Fremde musterte Brent eine ebenso lange Ewigkeit bevor er endlich etwas sagte. „Ich bin Faso", antwortete er dann und Brent staunte, denn der Fremde sprach eine Sprache, die er gut kannte, deutsch! Diese Sprache hatte er viele Jahre studiert und ihm seinen Beruf als Journalist ermöglicht. „Ich komme aus Quark", sprach der Fremde weiter, „es ist ein riesiges Land und wir schreiben das Jahr 3655 nach Christus." Brent blieb vor lauter Erstaunen der Mund offenstehen. Sollte das, war er da hörte, ja selbst was er sah, wirklich wahr sein? Wurde er am Ende gar ein Opfer seiner eigenen verrückten Fantasien? Der Fremde grinste ein ganz klein wenig, schien sich wohl über Brents Unsicherheit zu amüsieren. Doch dann wurde er wieder ernst und sagte: „Brauchst keine Angst zu haben. Ich bin auch ein Mensch wie du. Nur das ich eben aus einer anderen Zeit komme. Wir testen gerade die Zeitflüge und wir suchten deine Zeit ganz gezielt heraus. Ich weiß, dass du Sorgen mit einem verheerenden Sprengsatz hast. Ihr nennt ihn wohl H-Bombe. Doch du brauchst keine Angst zu haben. Die Bombe wird sofort eliminiert. Ich weiß wo sie ist. Komm zu mir und wir gehen dorthin."

Brent konnte nicht glauben, was er da hörte. Sollte dieses Geschwätz von diesem Unbekannten wirklich echt sein? Was, wenn es ein gut ausgebildeter Terrorist war? Der vermeintliche Faso schien das zu verstehen, offenbar verständigten sich die Menschen in der Zukunft auf diesem Wege. Und er war einverstanden, wollte natürlich schnellstens zu dem Ort, wo die gefährliche H-Bombe lagerte.

Noch ein wenig zaghaft, aber zielsicher trat Brent neben Faso und plötzlich verschwand die Umgebung wie in einem Meer aus Licht. Genau so schnell wie alles verschwand, erschien es auch schon wieder und die beiden Reisenden schwebten über einer kleinen Stadt. Brent erkannte den Ort sofort. Es war eine kleine unbedeutende Stadt am Meer. Wie im Märchen sah sie aus und die Stille in der Wolke, die ganz und gar aus Plasma zu bestehen schien, driftete wie eine Feder über der düsteren Landschaft. „Keine Sorge", sagte Faso, „niemand kann uns sehen. Aber wir sehen dafür alles." Langsam flogen die beiden bis zu einem flachen Gebäude am Rand der Stadt. „Hier befindet sich die Bombe", sagte Faso ruhig. Er war so ausgeglichen und überlegt, dass Brent beinahe schon neidisch wurde. Doch dann blieb ihm erneut der Mund offenstehen. Denn aus dem Gebäude erhob sich irgendetwas. Als es in der Plasmawolke war, erschrak Brent fürchterlich. Es war die H-Bombe, die so groß wie ein Mittelklassewagen neben ihm schwebte. Die abenteuerlichsten Gedanken schwirrten ihm durch den Sinn: „Was, wenn das Ding hochging, alles wäre mit einem Blitz zu Ende!" Faso hingegen betrachtete sich die Bombe sehr interessiert und meinte dann so ruhig wie eben: „Interessant, so sieht also der leibhaftige Tod aus. Warum nur habt ihr es einfach nicht geschafft, solcherlei fürchterlichen Dinge für immer zu eliminieren?" Brent wollte etwas sagen, doch da bemerkte er, wie aus dem Haus, aus welchem die Bombe gekommen war, Dutzende Menschen strömten und wild um sich schossen. Allerdings trafen sie nichts, denn die Androiden-Polizei war schon vor ihnen dort. Die Männer, bei denen es sich um die gefährlichen Terroristen handelte, wurden festgenommen und abgeführt. Doch da war ja noch die gefährliche H-Bombe. Würde die tatsächlich nicht hochgehen, und was, wenn sie mit einem Zeitzünder versehen war? Aber da grinste Faso wieder so komisch und Brent wusste, dass nichts Schlimmes mehr geschehen könnte. Faso meinte, dass er nun wieder zurückmusste, zurück in seine Welt, zurück ins Jahr 3655. Brent verstand das und die Plasmawolke raste zurück zu der Stelle, an welcher sich die beiden jungen Männer aus den unterschiedlichsten Welten kennengelernt hatten. Faso hatte die Bombe mit einer sonderbaren Flüssigkeit überzogen und gemeint, dass dies eine Art Konservierung sei. Doch Brent verstand auch das nicht, wollte stattdessen noch so vieles von der so weit entfernten Zeit wissen. Und Faso erzählte ihm von Überräumen im Weltall, von Raumtransporten durch Wurmlöcher und von Erkenntnissen über die Entstehung des Universums. Es war sogar gelungen, hinter den sogenannten Urknall zu schauen und die Singularität zu verstehen. Demnach war die gesamte Entstehung des Alls ein einziges Wiedergebähren und Zerfallen. Und natürlich hatte alles etwas mit einem gewissen Plan zu tun, den man erst einmal begreifen musste. Aber über die Zivilisation, aus welcher er kam, sprach er nicht. Er meinte, dass es Brent wohl nicht verstehen könnte, wie die Menschen in dieser fernen Zeit lebten. Sie waren nicht mehr so, wie sie zu Brents Zeit herumliefen. Sie hatten längst ihre Körper in ewig existierende Erbinformationen getauscht und hatten ihr Denken auf eine wesentlich höhere Ebene gestellt, in welcher sie nicht mehr mit nur drei Dimensionen dachten, sondern mit fünf. Brent staunte und als sie sich verabschiedeten, schien es ihm, als wenn eine Träne über seine Wange glitt. Zu gern hätte er diese fremde Gesellschaft kennengelernt, die wohl doch einen recht menschlichen Ursprung in sich trug. Und als Faso mit seiner Plasmawolke in dem Lichtfenster verschwand, war sich Brent sicher, dass sich irgendwann alles ändern würde. Nur, warum wollte Faso die H-Bombe mit sich nehmen? Seine Gesellschaft hatte doch ganz bestimmt längst Waffen, die viel intensiver als eine solche Bombe sein würde. Kannten sie überhaupt noch Waffen oder lebten sie in Frieden und ewiger Liebe? Warum also war Faso so gezielt in seine Zeit gekommen? Nur, um die Bombe an sich zu nehmen?

Als sich das Lichtfenster hinter Faso schloss, wollte Brent schon wieder nach Hause gehen, aber da stutzte er. Denn eine seltsame Schrift, die er schon einmal irgendwo gesehen hatte, flimmerte wie ein böses Omen an der Stelle, wo eben noch das Lichtfenster driftete. Brent erkannte die Schrift, es war Altdeutsch und da stand zu lesen: Danke für deine Hilfe. Jetzt haben wir endlich die Technologie einer starken Waffe, mit der wir zurückkommen werden.

Der gespenstische See

Carmen liebte die Einsamkeit. Immer, wenn es passte, floh sie aus der hektischen Stadt, um irgendwo draußen in der Natur Urlaub zu machen. Diesmal sollte es ein See im wunderschönen Mecklenburg-Vorpommern sein. Malerisch lag der kleine See zwischen den Bäumen des stillen Waldes und das kleine Ferienhaus schmiegte sich idyllisch zwischen die Bäusche und Sträucher. Es regnete ein wenig, als sie den See erreichte. Doch sie verschanzte sich nicht etwa in dem kleinen Ferienhaus, nein, sie setzte sich mit ihrem Regenschirm an den Strand und genoss die Ruhe. Weil sie abschalten wollte und noch immer den Lärm der großen Stadt Berlin in ihren Ohren hatte, bemerkte sie gar nicht, dass ein dumpfes Grollen über die Wasseroberfläche kroch. Als sie es schließlich doch bemerkte, war es bereits zu spät. Schäumend und rumorend teilte sich die Wasseroberfläche vor ihr und irgendetwas wurde an Land gespült. Als Carmen genauer hinsah, traf sie beinahe der Schlag. Denn das, was da vor ihr lag, war ein toter Mensch! Allerdings war er in irgendetwas eingewickelt. Carmen war derart überrascht, dass sie sich zunächst gar nicht bewegen konnte. Wie gelähmt starrte sie auf den Toten und wusste nicht, was sie tun sollte. Schnell zog sie ihr Mobiltelefon aus der Tasche und wollte die Polizei rufen. Doch es war genau wie in einem schlechten Film, sie hatte kein Netz. Und als ob das noch nicht alles war,

schäumte erneut das Wasser wild auf und um-
schloss sie wie ein Ring. Carmen saß wie auf einer Insel und das schäumende Wasser um sie
herum schien sie nicht mehr fortlassen zu wollen. Immer näher kamen die Wogen an sie heran
und schienen sie wohl schon bald gierig in sich
verschlingen zu wollen. Da erblickte sie einen
Baumstamm, der wehrhaft in der schäumenden
See standhielt. Schnell sprang sie auf den Baumstamm zu und staunte, dass sie so flink an dem
Stamm emporklettern konnte. In einer Astgabel
ganz oben hielt sie inne und musste sich erst
einmal verschnaufen. Unter sich sah sie das to-
sende Wasser und konnte gar nicht verstehen,
was da vor sich ging. Vermutlich war der Mann,
der tot am Ufer lag, auf die gleiche Weise ums
Leben gekommen. Nur hatte er es nicht mehr
geschafft, diesen Baumstamm zu erreichen, der
ihm vielleicht das Leben hätte retten können.
Dennoch war auch für sie die Lage sehr ernst
und es sah beinahe so aus, als wenn sich schon in
Kürze auch ihr Schicksal gegen sie wenden würde. Aber da beruhigte sich der See wieder und
das Wasser zog sich zurück. Es schien beinahe
so, als wenn der See nur drohen wollte, nur ja
nicht zu nahe an irgendetwas zu kommen. Und
weil Carmen so schnell auf den Baum geklettert
war, bestand keine Gefahr mehr für den See. Was
jedoch konnte es in diesem See schon für ein Geheimnis geben? Carmen beschloss, der Sache auf
den Grund zu gehen. Doch dazu musste sie erst
einmal vom Baum herunter, und die Angst vor

dem Abstieg war groß! Sollte sie es wirklich wagen? Was, wenn es gleich wieder los ging? Sie musste es tun und kletterte vorsichtig und mutig auf das steinige Ufer zurück. Der Tote war sonderbarerweise wieder weggespült worden, fast schon so, als wollte es der See nicht zulassen, dass der neue Gast Carmen gleich die Polizei holte. Dennoch konnte er die Tatsache nicht wegspülen, denn Carmen hatte den Toten nun einmal gesehen und sie würde ganz sicher schon bald die Polizei alarmieren.

Als die junge Frau in der sicheren Hütte unter den Bäumen war, schaute sie nachdenklich aus dem Fenster zum See hinüber. Noch wollte sie die Polizei nicht holen, denn es dämmerte bereits und in der Nacht wollte sie keinesfalls am Ufer des Sees verharren, um auf die Beamten zu warten. An Schlaf war allerdings auch nicht zu denken, und so holte sie sich stattdessen einen Stuhl, um sich am Fenster zu postieren. Sie musste versuchen, wach zu bleiben, damit sie den See im Auge behalten konnte. Gegen Mitternacht vernahm sie wieder dieses rätselhafte Grollen, welches sie schon beim Eintreffen an diesem Gewässer bemerkt hatte. Es rumorte und brummte derart heftig, dass Carmen keine Schwierigkeiten hatte, wach zu bleiben. Vielleicht war es tatsächlich eine Warnung, jedenfalls traute sich die junge Frau die ganze Nacht über nicht aus der Hütte.

Die ganze Zeit über hatte sie darüber nachgedacht, ob sie überhaupt jemanden holen sollte.

Und sie fand, dass sie ihre Beobachtungen nicht beweisen konnte. Denn der Tote war nicht mehr da und der See lag ruhig, als sei nie etwas gewesen. Nein, sie musste sich lediglich entscheiden, ob sie bleiben wollte oder doch wieder nach Hause fahren mochte. Sie blieb und suchte nach einer Sonnenliege. Im hinteren Teil der Hütte fand sie einen hölzernen Sonnenstuhl. Denn schleppte sie ans Ufer und legte sich in die Sonne. Der Latte Macchiato schmeckte wunderbar und es schien, als wenn dieser neue Tag frei von allem Bösen sein würde. Bis auf die Tatsache, dass es ab und an mal leise brummte, tat sich nichts mehr. Irgendwann fand sie das Ganze auch gar nicht mehr so schlimm. Vielleicht hatte sie sich ja den Toten auch nur eingebildet oder es war ein Gag, den man sich extra für die meist einsamen Urlauber hier draußen ausgedacht hatte? Sie wusste es nicht und schob all ihre verrückten Erlebnisse kurzerhand ins Reich der Fantasie. Als es ihr immer wärmer wurde, wollte sie doch ins Wasser, um sich ein wenig frisch zu machen. Auch war das andere Ufer ganz nah, sodass es sicherlich keine Schwierigkeiten gäbe, dorthin zu schwimmen. Vorsichtig benetzte sie ihre Zehen mit dem frischen klaren Wasser. Ach, wie herrlich das doch war, und dann dachte sie gar nicht länger nach und lief laut „Juhu" rufend in den See hinein. Mehrmals schwamm sie die kurze Strecke hin und zurück und fühlte sich dabei immer besser. Plötzlich jedoch schien es ihr, als wenn sich die Beschaffenheit des Wassers abrupt änderte. Und ausgerechnet jetzt war sie genau in der Mitte des Sees. Als sie mit ihren Händen das Wasser untersuchte, erschrak sie fürchterlich, denn das Wasser war kein Wasser mehr, sondern zähes rotes Blut! Erschrocken und ängstlich paddelte sie in der zähflüssigen Brühe bis zum Ufer zurück und lief sofort zur Hütte. Sie zitterte am ganzen Leibe und spülte das Blut mit einem Kanister Wasser von ihrer Haut. Als sie zum See zurücklief, war da wieder reines frisches Wasser, so, als sei es niemals anders gewesen. Jetzt wurde es ihr zu bunt, sie wollte nur noch weg! Hastig packte sie ihren Trolley und warf ihn in ihren Wagen. Unterdessen schäumte das Wasser des Sees wieder auf und erhob sich bedrohlich hoch in die Luft. Immer näher kam es und es rauschte dabei ganz fürchterlich. Carmen startete den Wagen, doch es war wie verhext, der Motor sprang einfach nicht an. Immer wieder versuchte sie es und endlich, als das schäumende Wasser wie eine drohende Wand hinter ihr angekommen war, heulte der Motor laut auf. Panisch gab sie dem Wagen die Sporen und schaffte es gerade noch rechtzeitig, der riesigen Wasserwand zu entfliehen. Die Hütte allerdings war nicht mehr zu retten, sie knickte zusammen als sei sie aus Streichhölzern errichtet. Das gesamte Areal verwüstete die Monsterwelle und Carmen schaffte es gerade so bis zur Straße. Dort war nichts mehr von der Wasserwand zu sehen und es wurde wieder still. Lange fuhr die junge Frau, bis sie schließlich ein Motel erreichte. Offenbar waren keine Geäste da, denn es stand lediglich ihr Fahrzeug auf dem naturbelassenen Parkplatz. Am ganzen Leibe zitternd lief sie in das Haus und setzte sich in die kleine Gaststube. Sie musste sich erst einmal einen ordentlichen Schnaps genehmigen, damit sie wieder ruhig wurde. Nach dem dritten Schnaps spürte sie, wie die Wärme in ihre Glieder und schließlich auch in ihren Leib zurückkehrte. Die neugierige Wirtin setzte sich zu ihr und erkundigte sich, wie es ihr ging. Carmens Zunge war durch die Schnäpse ein wenig gelockert und so erzählte sie von dem sonderbaren furchterregenden See. Interessiert hörte sich die Wirtin alles an und wurde doch sehr nachdenklich dabei. Dann kratzte sie sich auf der Stirn und meinte mit recht düsterer Stimme: „Ja ich weiß, das hat schon einmal ein Urlauber berichtet, die dort Ferien machen wollte. Allerdings habe ich ihn später nie mehr gesehen. Dafür machte eine alte Geschichte die Runde. Es hieß, dass vor hundert Jahren eine junge Frau dort gelebt haben sollte. Sie konnte keine Kinder bekommen und betete jeden Abend am Ufer des Sees, doch endlich schwanger zu werden. Eines Tages badete sie in dem ruhigen Wasser des Sees und einen Tag später gebar der See ein Baby, es war ein kleiner Junge. Und man munkelt, dass der See gar kein See sei, sondern eine Gebärmutter, die in ihrer Flüssigkeit neues Leben entstehen lässt, und unter keinen Umständen und von niemandem gestört werden will." Carmen konnte es nicht glauben, sollte das

21

wirklich alles der Wahrheit entsprechen? Als sie in das Gesicht der Wirtin schaute, ahnte sie jedoch, wie sie das verstehen musste. Denn die Wirtin schaute gar nicht mehr so freundlich wie eben noch, sondern ziemlich ernst. Und ihre plötzlich feuerrot aufblitzenden Augen untermalten gespenstisch ein monotones Rumoren und Grollen, das Carmen schon einmal irgendwo gehört zu haben glaubte.

Das Ende der Welt

Ich lag auf meinem Sofa und hatte den Laptop vor mir. Stundenlang blätterte ich in einer Online-Bibliothek. Ein dramatischer Tunneleinsturz, ein seltsamer Erdrutsch, eine entsetzliche Zug-Katastrophe, ich konnte mir das alles nicht erklären. Sollten wirklich all diese Unglücke durch menschliches Versagen oder andere erklärbare Naturerscheinungen erklärbar sein? Dann diese unerklärlichen Beben, die es immer wieder in bestimmten Gegenden gab. Sollten sie wirklich auf Wetterschläge oder dortige Bergbautätigkeiten zurückzuführen sein? Schließlich schaute ich mir eine wissenschaftliche Reportage im Fernsehen an. Paläontologie, Geologie, Weltraumforschung, was hatte das alles zu bedeuten? Wussten manche Wissenschaftler bereits Dinge, die uns allen noch verborgen blieben? Für mich stand fest, dass es einen Zusammenhang zwischen diesen Phänomenen und irgendetwas anderem gab. Und wenn es nicht so wäre, warum wurden dann in der letzten Zeit so viele Reportagen über all diese Themen gebracht? Ich beschloss, mich mit einem Wissenschaftler zu treffen. Hundemüde schloss ich meine Augen und schlief ein. Professor Schiller war einer der besten Geologen, über den ich schon einige interessante Abhandlungen im Internet gelesen hatte. Ich wollte mit ihm über all diese Dinge sprechen. Allerdings würde es wohl sehr schwer werden, einen Termin bei diesem vielbeschäftigten Mann zu bekommen. Also musste ich mir etwas einfallen lassen und hatte eine Idee. Ich gab vor, einen Artikel für eine namhafte Zeitung über Natur und Tiere zu schreiben. Es funktionierte und Professor Schiller erklärte sich bereit, mit mir zu sprechen. Er wunderte sich, dass ich ausgerechnet mit einem Vertreter seines Fachgebietes reden wollte. Doch er war ein älterer geduldiger Mann, dem es sichtlich Spaß bereitete, einen Jüngeren aufzuklären. Wir trafen uns in einem Straßencafé. Zunächst begann ich meine Fragestunde mit einfachen Fragen, die selbst ein Kind hätte beantworten können. Doch dann tastete ich mich weiter voran. Ich erwähnte diverse Naturkatastrophen und fragte ihn, was all das zu bedeuten hatte. Der Professor schaute mich sehr nachdenklich an. Schien er etwas bemerkt zu haben? Ich konnte mir sein plötzliches Schweigen nicht erklären. Er schaute sich nach allen Seiten um und meinte dann, dass er mit mir woanders hingehen wollte. Ich war einverstanden, verstand aber seine Reaktion nicht. Was war so schlimm an meiner einfachen Frage? Sie hatte doch noch gar nichts mit irgendwelchen Problemen zu tun. Oder doch? Wir gingen in einen kleinen Privatclub. Der Professor hatte eine Clubkarte und konnte mich als seinen Gast mitnehmen. Wir setzten uns in eine dunkle verschwiegene Ecke und plauderten weiter. Schiller fragte mich, ob ich von jemandem beauftragt wurde, solche Fragen zu stellen. Ich versicherte ihm, dass mich keiner beauftragt hatte und ich ihn aus freien Stücken und aus purem Interesse an den Dingen fragte. Plötzlich spürte ich, dass er sich auch in diesem Club nicht mehr allzu wohl fühlte. Er schlug mir einen Treffpunkt bei einer Müllhalde vor. Er meinte, dort könnte er freier sprechen als in diesem Club. Schon am nächsten Tag sollte es sein. Schnell verabschiedete er sich und verschwand. Am nächsten Tag stand ich zum vereinbarten Termin an besagter Müllhalde. Ich kannte solche Treffpunkte aus meiner Zeit als Journalist. Es dauerte lange, bis der Professor endlich erschien. Seinen Wagen parkte er hinter dichten Büschen eines angrenzenden Waldstückes. Schließlich liefen wir beide über die Wiese rund um die Halde und ich stellte dem Professor eine Frage nach anderen. Ich hatte den Eindruck, als sei er gelöster und aufgeschlossener als noch am Vortag. Er sprach von einem mysteriösen Gutachten, welches kürzlich bei ihm in Auftrag gegeben wurde. Wer es in Auftrag gab, wollte er mir nicht sagen. Demnach wären die von mir genannten Katastrophen keinesfalls reine Zufälle oder gar auf menschliches Versagen zurück zu führen. Die Untersuchungen ergaben, so der Professor, dass sich diese Vorfälle sogar noch verschlimmern würden. Er sprach vom Anheben des Meeresspiegels, von Überflutungen, von Katastrophen ungeahnten Ausmaßes. Außerdem sprach er von einem Ur-Krater und von diversen Supervulkanen. Ob diese Supervulkane in den nächsten Jahren ausbrechen würden, wusste er nicht. In jedem Falle hörte ich am Schluss seiner grausigen Ausführungen nur noch den Satz: „Es ist das Ende der Welt, so wie wir sie kennen!" Schockiert schaute ich in das Gesicht des Professors. Ich konnte nicht glauben, was er mir da gerade erzählte. Ich wollte wissen, ob die Erde diese Katastrophe überstehen könnte. Der Professor holte tief Luft. „Ich weiß es nicht", sagte er dann mit düsterem Gesichtsausdruck, „es gibt nämlich viele solcher Supervulkane. Ob sie zugleich ausbrechen oder erst in Millionen von Jahren, weiß ich nicht. Brechen sie aus, wäre das vermutlich verheerend!" Der Professor schaute mich vielsagend an und ich ahnte, was er damit meinte. Fassungslos starrte ich den Professor an, schaute auf die Landschaft um mich herum und schüttelte ungläubig meinen Kopf. In diesem Moment verfluchte ich meinen Wunsch, mit dem Professor je gesprochen zu haben. Andererseits wollte ich es so. Plötzlich druckste der Professor unsicher herum, war da etwa noch etwas? Ich erkundigte mich danach. „Ja, es gibt da noch etwas", meinte er schluchzend, „die Katastrophen brechen nicht zufällig über uns herein." Ich setzte mich auf einen Baumstumpf und fragte interessiert, was er damit meinte. Schiller antwortete, dass weit draußen im Universum ein unvorstellbar riesiges Raumschiff entdeckt worden sei. Es bestehe aus einer unbekannten gasförmigen Materie und hatte vor einigen Jahren Funkkontakt mit uns aufgenommen. Diese Wesen waren auf der Suche nach einer neuen Welt. Ihre eigene sei durch eine Supernova ihrer Sonne vollkommen zerstört worden. Sie fanden die Erde und diese war ihrem eigenen Heimatplaneten sehr ähnlich. Nur ihre Atmosphäre war stark schwefelhaltig. Da sie auf der Erde in Zukunft leben wollten, begannen sie nun, die alten Supervulkane von ihrem Raumschiff aus zu aktivieren. Innerhalb der folgenden dreißig Jahre würden sie die Erde umwandeln. Kein Mensch könnte dann mehr dort leben. Ich wusste nicht mehr, ob ich dem Professor weiter zu hören wollte. Zu entsetzlich und zu fürchterlich erschienen mir seinen Ausführungen. Sollte ich ihm all das wirklich glauben? Was sollte aus uns Menschen dann werden? Der Professor aber sagte, dass es ein geheimes Abkommen zwischen den Außerirdischen und einigen Wissenschaftlern gäbe. Die Erdbevölkerung sollte zunächst auf dem kleineren Mars angesiedelt werden. Denn die Außerirdischen seien zahlenmäßig der Erdbevölkerung weit überlegen. Der Mars würde nach einem sogenannten „Terraforming"- Verfahren mehrere Städte bekommen und die Erdbevölkerung könnte dann dorthin umgesiedelt werden. Der Professor wollte weitererzählen, doch ich konnte mir das alles nicht mehr länger anhören. Solch einen Unsinn hatte mir wirklich noch keiner weismachen wollen. Aber war das wirklich nur Unsinn? Ich jedenfalls glaubte dem Professor kein einziges Wort. Irritiert und mit einem seltsamen Gefühl im Magen beendete ich mein Interview. Der Professor verlangte strengste Verschwiegenheit von mir als wir uns verabschiedeten. Auf dem Heimweg gingen mir die wildesten Gedanken durch den Kopf. Sollten tatsächlich die meisten der Katastrophen auf der Erde auf die beginnende Umwandlung der Erde zurück zu führen sein? Wäre das unser ganz persönliches Ende der Welt? Nie wieder im Ozean baden und nie mehr durch die Wälder streifen? Nein, ich konnte es mir einfach nicht vorstellen. So etwas durfte niemals geschehen. Schweißgebadet öffnete ich meine Augen, wo war ich? Wo blieb der Professor? Ich lag auf der Liege vorm Fenster meiner Wohnung. Erleichtert stellte ich fest, dass ich alles nur geträumt hatte. Lächelnd stand ich auf und öffnete das Fenster. Da zog mir ein seltsamer, kaum wahrnehmbarer Geruch in die Nase. Und im Radio sprach irgendjemand von einer Aschewolke irgendeines fernen Vulkans, die angeblich den Flugverkehr behinderte!

Marienbach

Bei meinen Urlaubszielen bevorzugte ich stets die kuriosesten Orte. Doch die Stadt, welche ich vor fünf Jahren ansteuerte, glich einer Geisterstadt. Es begann mit einer seltsamen Naturerscheinung. Eigentlich fuhr ich ganz normal auf der Autobahn meinem Ziele entgegen. Die Sonne schien und der frische Fahrtwind zog durch die offene Scheibe meines Fahrzeugs und verbreitete eine angenehme Kühle. Doch plötzlich zog ein heftiges Gewitter auf. Ich fuhr von der Autobahn ab bis zu einem kleinen Waldstück und wartete erst einmal das Gewitter ab. Plötzlich blitzte es derart heftig, dass es danach sekundenlang stockdunkel wurde. Als es wieder hell war, sah alles etwas anders aus. Die Autobahn schien verlassen. Wo sich eben noch endlose Autoschlangen ihren Urlaubszielen entgegen wälzten, gähnte nun endlose Leere. Dennoch fuhr ich weiter. Ich wollte mein Ziel noch bei Tageslicht erreichen. Mitten auf der Autobahn stand ein Fahrzeug. Es stand einfach so da und ich fragte mich, was den Fahrer dazu bewegte, so riskant zu parken. Als ich an dem Fahrzeug vorbeifuhr, sah ich keinen Fahrer darin. Wie in aller Welt kam er dazu, das Fahrzeug mitten auf der Fahrbahn abzustellen und zu verschwinden? Kopfschüttelnd fuhr ich an dem Auto vorbei. Ich schaute zum Himmel, der irgendwie merkwürdig aussah. Die Sonne war gar nicht richtig zu erkennen, sie blendete mich nur. Plötzlich erschien ein großes Hinweisschild, dass die Autobahn gleich zu Ende sei. Ich fuhr die letzte Abfahrt hinaus und erkannte am Ende der Autobahn einen nebelumhüllten Berghang. Es wurde auf eine Ortschaft hingewiesen: Marienbach. Ich hatte diesen Namen noch nie zuvor gehört. Auch mein Navigationsgerät schien sich nicht mehr auszukennen. Schon seit einiger Zeit bekam es keinerlei Verbindung zum Satelliten. Ich hielt den Wagen an, um auf meine Karte zu schauen. Doch eine Ortschaft mit diesem Namen fand ich nirgends. So fuhr ich erst einmal weiter. Hinter einem Waldstück begann der Ort Marienbach. Doch alles dort kam mir seltsam vor. Kein Mensch war zu sehen und der Ort schien vollkommen verlassen zu sein. Auf dem kleinen Marktplatz parkte ich den Wagen und stieg aus. An der gegenüberliegenden Straßenseite stand ein Bus. Da ich sonst niemanden sah, ging dorthin und wollte im Bus fragen, wo ich mich eigentlich befand. Der Fahrer saß hinter seinem Lenkrad und rührte sich nicht. Als ich ihn ansprach, reagierte er gar nicht. Ich betrat den Bus und schaute mich um. Mehrere Menschen saßen dort. Einige hatten lustige Gesichter, aber sie bewegten sich nicht, schauten regungslos nach vorn. Ich sprach einen der Fahrgäste an, doch es kam keinerlei Reaktion von ihm. Mit starren Gesichtern saßen die Leute in den Sitzen und zeigten keinerlei Regung. Ich lief durch den Bus und rempelte dabei jemanden an. Die Frau fiel wie ein Stein vom Sitz und blieb regungslos im Gang liegen. Sofort wollte ich ihr helfen, fragte, ob ihr nicht gut sei, aber sie antwortete nicht. Als ich ihre Hand nehmen wollte, erschrak ich fürchterlich. Sie war hart wie ein Stein. Und in diesem Moment wurde mir klar, dass es sich um eine Puppe handelte. Der ganze Bus saß voller Puppen. Ich lief zum Fahrer zurück, doch auch der war eine Puppe. Ängstlich verließ ich den Bus und lief kopflos durch die Straßen. Sämtliche Geschäfte waren geschlossen. Nur eines schien geöffnet zu sein, ein Gemüseladen. Zumindest standen dutzende Kisten mit Obst und Gemüse davor. Als ich mir ein paar Äpfel aus einer Kiste herausnehmen wollte, stellte ich fest, dass sie aus Plastik bestanden. Irritiert warf ich sie zurück in die Kiste und rüttelte an der Ladentür. Doch auch diese ließ sich nicht öffnen. Ich versuchte, durch die Scheibe etwas zu erkennen. Aber es ging nicht. Offenbar hatte man sie von innen mit Papier beklebt. Ich ging zurück auf die Straße. An einer Straßenecke entdeckte ich zwei Frauen. Sie schienen sich zu unterhalten. Aber als ich zu ihnen ging, um sie zu fragen, was hier eigentlich los sei, waren auch das wieder nur zwei Puppen. Vor lauter Schreck fiel mir meine Geldbörse aus der Hand. Sie fiel auf die Wiese neben dem Bürgersteig. Als ich sie aufhob, bemerkte ich, dass es kein richtiges Gras war. Es war lediglich ein künstlicher Rasen. Jetzt bekam ich Panik, was ging hier nur vor? Nichts in diesem merkwürdigen Ort schien echt zu sein. Wo befand ich mich überhaupt? In einer Filmstadt vielleicht? Aber hätte man da nicht darauf hingewiesen? Wo blieb der Regisseur, die Schauspieler? Nervös schaute ich auf meine Uhr, sie zeigte bereits 9 Uhr abends, doch die vermeintliche Sonne stand noch immer hoch am Himmel. War hier die Zeit stehengeblieben? Oder woran lag es, dass die ganze Stadt wie ausgestorben war? Und was bedeuteten diese Puppen? Plötzlich wurde es schlagartig dunkel, so, als hätte jemand die Sonne ausgeknipst. Nur die Straßenlaternen leuchteten und gaben dem rätselhaften Ort ein gespenstisches Aussehen. Noch immer irrte ich durch die Straßen. Doch mir fiel auf, dass ich mich andauernd im Kreis zu bewegen schien. Egal, in welche Richtung ich auch lief, ich landete immer wieder auf dem Marktplatz. Der ganze Ort war von einer riesigen Mauer umgeben. Aber was lag hinter dieser Mauer. Ich lief auf die Absperrung zu. Sie war mit Grünpflanzen bewachsen und besaß keinerlei Durchgang oder Tor. Es half nichts, wenn ich wissen wollte, was sich dahinter befand, musste ich schon hochklettern. Ich griff nach den Pflanzenstängeln und stellte erneut fest, dass sie aus Plastik bestanden. Diesmal erschreckte mich das nicht mehr. Irgendwie hatte ich ja schon damit gerechnet. Ich kletterte auf die Mauer und schaute drüber, doch ich konnte nichts erkennen. Überall waberte dicker Nebel, der mir schon auf der Autobahn aufgefallen war. Plötzlich glaubte ich, in einem Horrorfilm zu sein. Aus dem Nebel erschien eine riesige Hand, sie griff nach mir! Ich reagierte sofort, sprang von der Mauer auf die vermeintliche Wiese zurück und rannte. Die Hand war bereits schon hinter mir und wollte mich ergreifen. Ich kam gar nicht dazu, mir Gedanken über die Herkunft dieser Hand zu machen. Als ich an meinem Fahrzeug ankam war die Hand dicht über mir. Ich schwang mich hinein und wollte losfahren. Doch die grausige Hand ergriff mein Auto und hob es hoch! Ich starrte durch die Windschutzscheibe und konnte nicht glauben, was ich da sah. Vor mir tauchte das lachende Gesicht eines Jungen auf. Das konnte doch gar nicht sein, wie war das nur möglich? War ich Gulliver im Land der Riesen oder was sollte sonst all das bedeuten? Ich sah mich bereits im Mund des Jungen verschwinden, da rüttelte mich jemand an der Schulter. Entsetzt fuhr ich herum und schaute entgeistert in das Gesicht eines Polizisten! „Sagen Sie mal, wie lange wollen Sie denn noch hier herumstehen, das ist kein Parkplatz! Fahren Sie bitte weiter, sonst muss ich ein Verwarngeld von Ihnen verlangen!" Fassungslos starrte ich den Polizisten an, dann schaute ich aus dem Fenster meines Wagens. Ich befand mich auf einem schmalen Weg, der in einen Wald führte. Der Polizist zog ein mürrisches Gesicht und langsam kehrte ich in die Wirklichkeit zurück. Ich musste wohl eingeschlafen sein. „Gott sei Dank, Sie leben und sind keine Puppe", stieß ich irritiert hervor und der Polizeibeamte warf mir einen misstrauischen Blick zu. Ich bedankte mich bei ihm für die Auskunft und fuhr los. Als ich endlich wieder auf der Autobahn fuhr, stellte ich erleichtert fest, dass dutzende Fahrzeuge unterwegs waren. Ich fühlte mich noch immer wie gerädert und wollte an einem Rastplatz anhalten, um etwas zu essen und vielleicht einen Kaffee zu trinken. Schon nach wenigen Kilometern entdeckte ein kleines Restaurant, welches auch nicht so teuer war. Als ich mich gestärkt hatte, lief ich zu meinem Auto zurück und orientierte mich an den Schildern, wie ich weiterfahren musste. Ich entdeckte meinen Zielort, doch was war das? Ganz unten auf der Ortsliste las ich: Marienbach, 2 Kilometer! Und an einem danebenstehenden Verkehrsschild lehnte eine merkwürdig bekleidete Puppe und grinste mich an.

Motel des Grauens

Ich hatte gehört, dass man in Ellis Motel sehr gut übernachten konnte. Deswegen steuerte ich es bei meiner letzten Recherche- Fahrt quer durch Arizona genau dieses Motel an. Allerdings ahnte ich damals noch nicht, welche furchtbaren Erlebnisse mir bevorstanden. Seit einigen Kilometern klatschte der Regen gnadenlos gegen meine Fahrzeugscheiben. Ich wusste wirklich nicht, ob ich weiterfahren sollte. Aber ich hielt eisern durch. Als auch noch ein heftiges Gewitter aufzog, hielt ich doch an. Ich stand ganz allein auf dem kleinen Rastplatz. Da sah ich eine Person in Lederbekleidung, die aus einem angrenzenden Wäldchen sprang. Sie hatte es sehr eilig und warf irgendetwas in den Papierkorb. Als sie verschwunden war, hatte ich so ein komisches Gefühl. Ich konnte es mir einfach nicht erklären, aber ich verspürte plötzlich den Drang, aus dem Wagen zu steigen und nachzuschauen. Vorsichtig öffnete ich die Wagentür und schaute, ob jemand in der Nähe war. Blitze erhellten die Umgebung und tauchten das Gelände in ein gespenstisches Licht. Da ich niemanden sehen konnte, lief ich schnellen Schrittes bis zum Papierkorb. Zunächst konnte ich nichts Verdächtiges entdecken. Eine prall gefüllte Plastiktüte lag darin. Ich ritzte sie auf, um nachzuschauen, da fuhr ich entsetzt zurück. Aus dem Schlitz ragte eine blutige Hand und schien nach mir zu greifen. So schnell ich konnte rannte ich zu meinem Wagen und fuhr mit quietschenden Reifen auf den Highway zurück. Irgendwann gegen Mitternacht erreichte ich Ellis Motel. Ich schien der einzige Gast zu sein, denn der kleine Parkplatz hinterm Haus war leer. Auch im Inneren des Gebäudes traf ich niemanden. Nur Elli, die Inhaberin des Rasthauses stand an der Rezeption und begrüßte mich freundlich. Sie gab mir den Zimmerschlüssel und wünschte mir einen angenehmen Aufenthalt. Da der Akku meines Handys leer war, konnte ich erst dort die Polizei anrufen. Die kamen sehr schnell und gefragten mich zu meinem grausigen Fund. Sofort beorderten sie eine Streife zu dem Rastplatz. Nach einigen Minuten berichteten sie mir, dass es sich bei dem furchtbaren Fund um eine abgetrennte Hand einer weiblichen Leiche handelte. Die Tote sei noch nicht gefunden. Mir wurde schwindelig, denn der Mörder war also noch auf der Flucht. Möglicherweise hatte er mein Fahrzeug gesehen und verfolgte nun auch mich? Ich teilte den Beamten meine Beobachtungen, die ich auf dem Rastplatte machte, mit. Die versprachen, den Täter schnellstens zu suchen. Doch mir war nicht wohl bei dem Gedanken, hier draußen in der Einsamkeit, in einem winzigen Motel einem herumlaufenden Mörder ausgeliefert zu sein. Elli, die Inhaberin des Motels, versuchte, mich zu beruhigen. Sie meinte, dass man den Täter schon finden würde. Doch sie fragte mich auch, ob ich mir wirklich ganz sicher wäre, eine Person auf dem verlassenen Rastplatz gesehen zu haben. Ich versicherte ihr, dass es genau so war. Sie warf mir einen merkwürdigen Blick zu und zog sich zurück. Als ich später in meinem Zimmer war, hatte ich einen guten Blick zum Parkplatz hinterm Haus. Wegen des starken Regens konnte ich zwar kaum etwas erkennen. Doch plötzlich erschien eine Person auf dem Parkplatz. Wie ein Blitz fuhr es durch meinen Körper! Da unten stand die in Leder gekleidete Person, die ich auf dem Restplatz gesehen hatte! Sie starrte in Richtung meines Fensters. Sofort löschte ich das Licht und verbarg mich hinter der Wand neben dem Fenster. Der Fremde hatte mich also gefunden. Ich spürte, wie die Angst in mir hochkroch. Was sollte ich nur tun? Verwirrt schaute ich zu meinem Handy, doch das war noch immer nicht geladen. Immer wieder schaute ich hinunter auf den Parkplatz. Der Fremde stand nun vor meinem Wagen, doch plötzlich geschah etwas Merkwürdiges. Der Fremde schien sich zu verwandeln, er fiel auf die Knie und sein ganzer Körper schien zu vibrieren. Immer heftiger zuckte sein Leib und plötzlich wuchs er zu einem merkwürdigen Wesen heran, zu einem furchterregenden Monster! Es stand auf dem Parkplatz und hatte feuerrote Augen. Die stachen unter seinem schwarzen Fell hervor und stierten immerzu in meine Richtung. Ich konnte es nicht fassen und schaute zur Uhr, es war halb 1. Das Monster begann zu laut aufzuheulen und schritt auf den Hintereingang zu. Nun konnte es nicht mehr lange dauern, bis es zu mir käme. Ich nahm mein halb geladenes Handy vom Netz und steckte meine Brieftasche ein. Dann verließ ich schnellstens das Zimmer. Aber wohin sollte ich gehen? Am Ende des Ganges entdeckte ich eine Tür. Ich lief dorthin und klinkte mehrmals, die Tür ließ sich öffnen. Dahinter verbarg sich eine Abstellkammer. Durch einen kleinen Spalt in der Tür konnte ich den Gang gut beobachten. Es dauerte nicht lange, da erschien das Monster. Es stand vor meinem Zimmer und schaute sich gierig und mordlüstern um. Dann fletschte es seine spitzen scharfen Zahnreihen und stieß die Zimmertür auf. Ich war heilfroh, dass ich zeitig genug das Zimmer verlassen hatte. Nachdem das Monster im Zimmer verschwunden war, wollte ich schnellstens aus der Abstellkammer fliehen und zum Auto rennen. Doch ich kam nicht dazu. Ein lautes Gebrüll in meinem Zimmer, ließ mich noch abwarten. Als es wieder still wurde, glaubte ich, meinen Augen nicht zu trauen. Aus meinem Zimmer kam nicht das zähnefletschende Monster, aus dem Zimmer kam Elli, die Chefin des Motels. Vollkommen verblüfft stand ich hinter der Tür und wagte kaum zu atmen. Wie konnte so etwas möglich sein? Elli, die Chefin des Motels war in Wirklichkeit ein Monster? Fassungslos starrte ich auf den Gang. Elli war verschwunden. Ich wartete noch einen kleinen Moment ab, doch die Luft schien rein zu sein. Auf leisen Sohlen verließ ich mein Versteck und schlich in mein Zimmer zurück. Dort sah es aus, als sei eine Bombe eingeschlagen. Überall lagen zerbrochene Gegenstände, die Lampe war vom Tisch gefallen und zersprungen und meine Kleidung lag überall im Zimmer verstreut. Ich suchte alles, was mir gehörte zusammen und verstaute es in Windeseile in meiner Reisetasche. Dann verließ ich das Zimmer. Glücklicherweise befand sich niemand auf dem Gang. Elli musste wohl wieder an der Rezeption sein. Ich lief die hölzernen Stufen hinunter und wusste nicht, wie ich an der Rezeption vorbeikommen sollte. Da kehrten die Beamten zurück. Ich atmete tief ein und schritt mutig auf die Beamten zu. Doch plötzlich verwandelten sich auch die vor meinen Augen in blutrünstige Monster. Hinter der Rezeption stand Elli und fletschte ihre Zähne. Blut lief ihr aus dem Munde und ich zitterte vor Angst. Offenbar machten hier alle gemeinsame Sache. Und selbst die Polizeibeamten waren in Wahrheit blutrünstige Monster. Ich schaffte es, die Überraschung der Monster auszunutzen und rannte zwischen ihnen hindurch bis zu meinem Wagen. Ich sprang hinein und wollte starten. Doch der Motor schien defekt zu sein. Irgendetwas funktionierte nicht. Auch das heftige Gewitter, welches vorhin schon fortgezogen schien, war wohl zurückgekommen und die hellen Blitze zuckten um meinen Wagen herum. In der Tür des Motels erschienen die Monster und liefen auf meinen Wagen zu. Entsetzt und den Tod vor Augen startete ich den Motor wieder und wieder. Und plötzlich sprang er an. Als die Monster bereits in Griffweite zu stehen schienen, gab ich Gas und raste davon. Meine Hände hatten sich um das Lenkrad gekrampft und ich raste in die schwarze Gewitternacht hinein. Irgendwo an einem dunklen Wald hielt ich den Wagen an. Mich schien niemand zu verfolgen. Doch geheuer war mir die Sache nicht. Aus dem Wald glaubte ich, rote Lichtpunkte zu erkennen. Ich gab Gas und raste weiter die endlose Landstraße entlang. Stunden musste ich gefahren sein, als ich endlich einen kleinen Ort erreichte. Ich fuhr an einem Umleitungsschild vorbei und sah erleichtert mehrere Fahrzeuge, die durch die kleine Stadt fuhren. Mehrere Beamte standen an der Straße und sprachen mit Passanten. Ich hielt den Wagen an und stieg aus. Als ich einen der Beamten fragte, warum die Straße gesperrt sei, die ich eben noch entlangfuhr, schaute der mich besorgt an. Dann fragte er mich, ob es mir gut ginge und sagte dann: „Da haben Sie aber Glück. In der Nacht wurde die Straße von einem Meteoriten getroffen. Sie wurde total zerstört und musste gesperrt werden." Ich starrte den Beamten entgeistert an und erkundigte mich nach Ellis Motel. Doch der Beamte wusste nicht, was ich meinte, sagte nur: „Ein Motel gibt es dort nicht. Ellis Motel ist in einer ganz anderen Richtung, noch fünfzehn Meilen weiter nach Süden." Nun begriff ich gar nichts mehr. Ich war mir jedoch ganz sicher, den Namen des Motels an dem Gebäude, in welchem ich übernachtete, gelesen zu haben. Ich konnte es mir einfach nicht erklären. Aber ich wollte es genau wissen. Am nächsten Tag wollte ich noch einmal die gesperrte Straße entlangfahren, um nach dem Motel zu suchen. Gedacht, getan! Es gelang mir, die Polizeiabsperrungen zu umfahren und fuhr stundenlang auf der Straße entlang, auf welcher ich in der letzten Nacht vor den Monstern geflohen war. Irgendwann ging es aber dann doch nicht mehr weiter. Riesige Schilder versperrten mir den Weg. Außerdem klafften überall auf der Straße hinter den Schildern tiefe Krater. Ein Weiterfahren war vollkommen unmöglich. In der Ferne entdeckte ich ein Haus. Es ähnelte verblüffend Ellis Motel. Doch es war nur eine verfallene Ruine. Ich näherte mich der Ruine und erschrak! An einem verbrannten zerbrochenen Pfosten baumelte ein altes Holzschild – darauf stand beinahe schon unleserlich geschrieben: *Ellis Bar*. An einem weiteren zersplitterten Schild neben dem vermutlichen Eingang stand noch etwas: *Geschlossen ab 01.01.1866*. Und aus dem Wald hinter der Ruine glaubte ich, zwei feuerrote Lichtpunkte zu sehen.

Poltergeist

Vor drei Jahren suchte ich eine neue Wohnung. Ich fand sie in einem alten Hause am Rande der Stadt. Nach kurzem Überlegen zog ich dort ein und freute mich bereits darauf, meine neuen Nachbarn kennen zu lernen. Besonders die ältere Dame, welche über mir lebte, fand ich sehr nett. Wir verstanden uns sofort und trafen uns immer, wenn es möglich war. Dennoch hatte ich immer das seltsame Gefühl, dass irgendetwas mit dieser Dame nicht stimmte. Manchmal schien sie mir kühl und unnahbar. Auch ihre Wohnungseinrichtung erschien mir recht spärlich. Außer zwei Schränken, einem Bett und einer winzigen Küche besaß sie nichts. Nicht einmal einen Fernseher hatte sie. Ich fragte sie, warum sie so wenig in ihre Wohnung stellte. Doch sie reagierte mit Schweigen und ich fragte auch nicht weiter. Die Tage vergingen und immer seltener trafen wir uns. Dafür wurde es in den Nachtstunden immer häufiger sehr laut. Wenn ich dann nach oben ging, um nachzufragen, öffnete mir keiner. Ich konnte das nicht verstehen, fragte sie am Tag darauf, was passiert sei, ob sie vielleicht meine Hilfe brauchte. Doch sie schwieg und zog sich schnell wieder in ihre Wohnung zurück. Eines Nachts wollte ich es deswegen genau wissen. Ich blieb bis Mitternacht wach, wurde dann allerdings so müde, dass ich einschlief. Gegen Zwei Uhr wurde ich von einem dumpfen Gepolter über meiner Wohnung geweckt. Eigentlich war mir nicht so recht wohl bei dem Gedanken, nach oben zu gehen. Doch ich wollte zuerst hören, was dort vor sich ging. Vorsichtig schlich ich mich durch das dunkle Treppenhaus nach oben bis vor ihre Wohnungstür. Dort war das Gerumpel sehr deutlich zu hören. Ich versuchte, Stimmen oder vielleicht sogar ein Gespräch aufzuschnappen. Doch außer dem Gerumpel konnte ich nichts hören. Ich wusste nicht so recht, was ich nun tun sollte. Da ich mir wirklich nicht sicher war, wartete ich eine ganze Weile ab. Plötzlich verstummte das Poltern und jemand klapperte an der Tür. Schnell lief ich die Treppe nach unten und lauerte auf die vermeintliche Person, die eventuell gerade die Wohnung verließ. Ich sah, wie sich die Tür einen winzigen Spalt öffnete. Schließlich fiel sie klackend wieder zu und Schritte näherten sich. In Windeseile lief ich in meine Wohnung und beobachtete das Treppenhaus durch meinen Spion. Die Person hatte das Hauslicht eingeschaltet, doch ich konnte sie nicht sehen, zumindest glaubte ich das. Denn die Schritte hörte ich ganz deutlich. Sie kamen an meiner Wohnungstür vorbei und entfernten sich schnell in Richtung Ausgang. Ich konnte mir keinen Reim auf dieses merkwürdige Treiben machen. Entweder war ich schon so müde, dass ich Gespenster hörte oder dieser Jemand war so schnell an meiner Tür vorbeigerannt, dass ich ihn nicht sehen konnte. Als das Hauslicht verloschen war und Ruhe im Hause eintrat, ging ich erneut zur Wohnung der alten

Dame. Doch diesmal war es totenstill. Keine Geräusche, kein Gepolter, nichts. Nachdenklich lehnte ich mich gegen die Wand und wartete noch einmal. Aber es tat sich nichts mehr. Die Neugierde brachte mich fast um und ich klingelte. Ich wollte fragen, ob sie vielleicht Hilfe brauchte. Doch es war so wie in den vorangegangenen Nächten, es öffnete niemand. Noch einmal versuchte ich mein Glück, ohne Erfolg. Ich ging zurück in meine Wohnung und horchte von dort noch eine Weile. Aber auch da konnte ich nichts mehr hören, es blieb ruhig. Am nächsten Morgen nahm ich mir vor, so lange zu warten, bis die alte Dame die Treppen hinunterstieg. Ich wollte sie abfangen und sie nach dem Gepolter in den vorangegangenen Nächten befragen. Aber sie kam nicht. Noch ein letztes Mal wollte ich nach oben gehen, um zu klingeln. Als ich vor ihrer Wohnungstür stand, wunderte ich mich sehr. Die Tür war angelehnt, und von drinnen hörte ich ein leises Klappern. Ich rief ihren Namen, doch es antwortete keiner. Ob ihr vielleicht doch etwas zugestoßen war? Besorgt betrat ich die Wohnung. Doch was war das, in der Wohnung stand nichts mehr. Die wenigen Möbel, selbst die kleine Küche, alles war verschwunden. Das Klappern drang aus einem Fenster, dass der Wind wohl aufgestoßen haben musste. Er bewegte die Fensterflügel hin und her. In der gesamten Wohnung sah es so aus, als lebte hier schon seit langer Zeit keiner mehr. Überall in den Räumen lagen Papierreste herum und die Tapete hatte sich von den Wänden gelöst. Ich wusste nicht, wie ich das deuten sollte. Sollte die alte Dame allen Ernstes in der letzten Nacht umgezogen sein? Aber hätte ich in diesem Falle nicht irgendetwas bemerkt? Irritiert ging ich in meine Wohnung zurück. Ich musste dringend zur Hausverwaltung, um nachzufragen, was mit der alten Dame geschehen war. Bei der Hausverwaltung zeigte man sich sehr überrascht. Der Verwalter meinte dann: „Sie können diese Dame gar nicht gesehen haben. Sie verstarb vor drei Jahren und die Wohnung steht seitdem leer." Mir war nicht wohl, als ich verwirrt nach Hause zurückkehrte. Sollte ich mich wirklich so getäuscht haben? Aber ich hatte mich doch mit der alten Dame unterhalten. Ich wusste es ganz genau! Noch einmal ging ich in die Wohnung der alten Dame. Auf dem Fußboden entdeckte ich ein Buch. Ich hob es auf und las: „Der Poltergeist". Als ich das Buch aufschlug, entdeckte ich eine Zeichnung. Offenbar hatte sich der Autor so einen Poltergeist vorgestellt, dennoch erschrak ich. Das Bildnis des Poltergeistes glich ziemlich genau der alten Dame, die einst hier gewohnt hatte.

Der Blutvertrag

Jonny ging sehr gern zur Jagd. Er hatte bereits eine stattliche Anzahl Trophäen angesammelt. Und seine Frau Lucy wusste schon gar nicht mehr, wo sie all diese Jagdtrophäen aufhängen sollte. Die beiden besaßen ein kleines Häuschen am Waldesrand. Doch Lucy reichte das nicht. Sie wollte mehr. Aber Jonnys Gehalt als Förster reichte einfach nicht, um ein besseres Leben finanzieren zu können. Eines Tages drängte sie Jonny, wenigstens eine hohe Lebensversicherung abzuschließen. Weil Jonny seine Lucy sehr liebte, tat er es. Er schloss eine Lebensversicherung, in Höhe von 250.000 Dollar ab. Allerdings würde diese Versicherung an den Ehepartner ausbezahlt werden, der den anderen überlebte. Lucy reichte das jedoch nicht, wollte den Vertrag zu ihren Gunsten ändern. Doch davon sagte sie Jonny nichts. Sie ließ ihn in dem Glauben, dass sie ihn liebte. Irgendwann, so hoffte sie, käme noch einmal ihre große Chance. In einer stürmischen Septembernacht lag Jonny lange wach. Es ließ ihm keine Ruhe, dass er seine Frau nicht glücklich machen konnte. So gern hätte er ihr ein größeres Haus und ein teureres Auto gekauft. Aber das Geld reichte einfach nicht. Was sollte er nur tun? Er stand auf und ging hinaus in den Garten. Die kühle Nachtluft wehte ihm um die Nase und er schaute sehnsuchtsvoll und traurig hinauf in die Sterne. Plötzlich glaubte er, irgendjemand stünde hinter ihm. Er drehte sich um und erschrak fürchterlich. Auf der Wiese hinter ihm stand eine Gestalt, die mit einem langen schwarzen Gewand bekleidet war. Zuerst dachte er, Lucy, die immer zu irgendwelchen Scherzen aufgelegt war, würde ihm diesen Streich spielen. Doch als er laut lachend rief: „Du kannst den Mantel ruhig ausziehen, Lucy", antwortete ihm keiner. Die Gestalt stand einfach nur da und schwieg. Jonny schaute sich um, doch wer außer Lucy sollte es sonst sein? Plötzlich begann die Gestalt zu sprechen und Jonny wurde klar, dass es nicht Lucy war, der da sprach: „Du hast Sorgen und brauchst mehr Geld? Ich kann es Dir geben. Du brauchst nichts zu tun. Gehe morgen Abend in den Wald zum alten Hochsitz. Ich werde da sein und einen kleinen Tausch vollziehen. Nach diesem Tausch bekommst Du 500.000 Dollar. Du brauchst nur etwas zu unterschreiben." Jonny glaubte, seinen Ohren nicht zu trauen. 500.000 Dollar, so viel Geld hatte er noch niemals auf einem Haufen gesehen. Und alles nur für eine lächerliche Unterschrift? Wer war dieser geheimnisvolle Unbekannte? Und wieso sollte er zum alten Hochsitz kommen? Welchen Tausch meinte der Fremde nur? Da Jonny jedoch unendlich viel daran lag, seine Lucy glücklich zu machen, willigte er ein. Der Fremde zog eine Papierrolle aus seinem schwarzen Gewand und hielt sie Jonny vor die Nase. Er sollte sie mit seinem Blut unterzeichnen und morgen mit zum Hochsitz bringen. Jonny ahnte, dass der Fremde irgendetwas mit dem Teufel zu tun haben musste. War er es etwa am Ende selbst? Ihm lief ein eisiger Schauer über den Rücken. Doch er nahm die Papierrolle an sich und der Fremde verschwand. Jonny wollte ihn noch etwas fragen, doch er konnte ihn nirgends mehr entdecken. Nachdenklich ging er zurück ins Haus. Lucy schien nichts von Jonnys Gespräch im Garten bemerkt zu haben. Der legte sich zurück ins Bett und konnte nicht mehr einschlafen. Bis zum nächsten Morgen lag er wach. Als die beiden am folgenden Tag beim Frühstück in der Küche saßen, holte Jonny die vermeintliche Papierrolle. Er meinte, dass er einen Vertrag mit einem Fremden unterzeichnen müsste. Es ginge um sehr viel Geld und er müsste nur mit seinem eigenen Blut unterzeichnen. Lucy schien das nicht zu interessieren. Sie hörte nur die hohe Summe, um die es ging und meinte kühl, dass er es unbedingt unterzeichnen sollte. Dann stand sie auf und verließ zickig den Raum. Jonny nahm die Papierrolle und las den Vertrag noch einmal durch. Doch da stand nichts von einem Tausch. Irgendwie fühlte er sich nicht wohl bei dem Gedanken, einem Tausch, von dem er nicht einmal etwas Genaueres erfuhr, durch seine Unterschrift zuzustimmen. Den ganzen Tag überlegte er, ob er sich auf diesen Kuhhandel einlassen sollte oder nicht. Am Abend wusste er es, er wollte die Papierrolle mitnehmen und sie dem Fremden zurückgeben. Allerdings *ohne* seine Unterschrift. Als er Lucy von seinem Entschluss erzählte, wurde sie sehr böse und beschimpfte ihn fürchterlich. Da sie gerade einen Salat zubereitete, entglitt ihr vor Empörung das Messer, mit welchem sie den Salat schnitt. Zusammen mit der Papierrolle fiel es herunter. Als sie alles aufheben wollte, schnitt sie sich in den Finger. Es blutete fürchterlich. Jonny holte schnell ein Pflaster und klebte es Lucy auf die Wunde. Dann griff er gedankenlos nach der Papierrolle und ging in den Wald. Am alten Hochsitz setzte er sich auf einen Baumstumpf und wartete. Lange saß er da, doch der Fremde kam nicht. Als er schließlich wieder gehen wollte, setzte wieder dieser seltsame kühle Wind ein, welcher ihm schon gestern auf der Wiese hinterm Haus aufgefallen war. Und plötzlich stand der Fremde in seinem schwarzen Gewand bedrohlich vor Jonny und verlangte die Papierrolle zurück. Jonny meinte, dass er sich anders entschieden hatte und nicht unterschreiben wollte. Er reichte dem Fremden die Rolle und der begann plötzlich laut zu lachen. Er lachte derart schrill, dass es Jonny himmelangst wurde. So schnell er konnte rannte er nach Hause zurück. Dort wollte er Lucy erzählen, dass der Fremde die Rolle anstandslos zurückgenommen hatte. Doch als er zu Hause ankam, war Lucy nicht da. Er suchte das ganze Haus ab, fand sie jedoch nicht. Als er ins Schlafzimmer schaute, fand er einen großen Bogen Papier auf dem Bett. Jonny wunderte sich – was hatte das alles zu bedeuten? War Lucy heimlich abgereist? Hatte sie das Leben an seiner Seite endgültig satt? Er nahm den Bogen und las: „Mit dieser Unterschrift bist Du einverstanden, dass ich Deine Seele im Tausch mit den 500.000 Dollar zu mir hole. Aber es muss mit echtem Blut unterschrieben sein. Dann bekommst Du auch das Geld." Jonny erkannte das Papier, es war die Papierrolle, welche er unterzeichnen sollte. Aber er hatte sie doch nicht unterschrieben und dem Fremden einfach nur zurückgegeben. Unter dem Text entdeckte er drei dicke Blutstropfen. Plötzlich fiel ihm alles wieder ein. Er erinnerte sich, dass sich Lucy geschnitten hatte und ihr das Messer zusammen mit der Papierrolle heruntergefallen war. Dabei musste unmerklich ihr Blut auf den Vertrag getropft sein. Ihr Blut galt nun als Unterschrift. Jonny war am Boden zerstört. Er hätte doch daran denken müssen, dass nun Lucy der Vertragspartner war. Jonny konnte seine Trauer kaum noch ertragen. Aber er hatte keine Schuld an dem Versehen. Vielmehr war es Lucys Gier nach noch mehr Geld, die sie nun selbst büßen ließ. Jonny wollte den Fremden nie mehr treffen und das Geld, welches das Geld des Teufels war, niemals entgegennehmen. Doch eines Abends entdeckte er ein Päckchen, welches ohne Absender vor der Haustür lag. Er wusste sofort, dass es das Geld vom Teufel war. Er nahm es und verbrannte es auf dem Misthaufen im Garten. In einer grellen Stichflamme verbrannte es in Sekundenschnelle. Aber woher sollte er nun das Geld für Lucys Grabstein nehmen? Schließlich war sie seine Frau und er hatte sie sehr geliebt. Auch, wenn sie nicht mehr da war, brauchte er doch einen Ort, wo er um sie trauern konnte. Da kam eines Tages ein Brief von seiner Versicherung. Sie teilte ihm mit, dass ihm 500.000 Dollar ausgezahlt würden. Denn Lucy hatte heimlich die Urkunde ändern lassen. Insgeheim hatte sie schon geplant, Jonny irgendwann mit seinem eigenen Jagdgewehr umzubringen. Sie wollte es wie ein Jagdunfall aussehen lassen. Denn ihre Gier nach Geld war so groß, dass sie vor nichts mehr zurückschreckte. Da sie annahm, auf diesem Wege Jonny zu überleben, hatte sie die Summe verdoppeln lassen, die dann an denjenigen ausgezahlt würde, der den anderen überlebte. Am Ende aber kam ihr jemand in die Quere, der noch gerissener war als sie, der Teufel!

Die schwarze Lady

Lady Macbeth war eine bekannte Magierin. Ihre Shows zogen dutzende Interessenten an. Sie lebte allein in einem großen Schloss und nur selten ließ sie Gäste dort hinein. Deswegen war man schockiert, als sie verschwand. Nirgends konnte man sie finden. Auch die Polizei war überfordert. Man munkelte bereits, sie habe sich selbst weggezaubert. Eines Tages jedoch fanden Spaziergänger eine Leiche am See hinter dem Schloss. Es war ihr 76. Geburtstag und ein grünes Handtuch trieb im eiskalten Wasser des Sees. Schnell fand man heraus, dass es sich bei der Toten um Lady Macbeth handelte. Sie wurde erwürgt, doch den Täter fand man nicht. Die Jahre vergingen und das steinerne Grabmal im Schlossgarten wurde langsam von den umstehenden Pflanzen und Sträuchern in Besitz genommen. Niemand kümmerte sich darum, und Lady Macbeth hatte auch keinerlei Nachkommen. Das Schloss verfiel und verwandelte sich schließlich in eine gruselige Ruine. Und auch jetzt, wo Lady Macbeth nicht mehr am Leben war, kam niemand, um an ihrem Grab Blumen zu hinterlegen. Auch in das alte Schloss traute sich keiner. Ein windiger Geschäftsmann schließlich kaufte das Gelände und verwandelte die gesamte Schlossanlage in ein vornehmes Schlosshotel. Das steinerne Grabmal ließ er stehen, kümmerte sich auffallend besorgt um die Grabstelle. Und beinahe schien es, als würde die

Seele von Lady Macbeth durch die neu gestalteten Räume geistern und sich an dem frischen Wind, der nun in den Gebäuden herrschte, erfreuen. Doch so sollte es nicht bleiben. Wie ein grausamer Fluch kam das Grauen über den Ort. Eines Tages fand man eine Leiche im Weinkeller. Der Mann wurde erwürgt. Und Erinnerungen wurden wach, Erinnerungen an Lady Macbeths furchtbaren Tod. Sollte der Mörder etwa an den Ort seiner grausamen Tat zurückgekehrt sein? Die Polizei tappte im Dunkeln. Sie konnte den Täter nicht finden. Zwei Wochen verstrichen – da fand man eine Tote im Swimmingpool. Auch diese Dame wurde erwürgt, vermutlich mit einem Handtuch. Und wieder gab es vom Täter keine Spur. Sollte nun das Ende des Schlosshotels gekommen sein? Eines Tages erschien eine rätselhafte Lady in der Hotelhalle. Sie trug ein langes schwarzes Kleid und ihr Gesicht wurde von einem schwarzen Schleier verhüllt. Als sie an der Rezeption stand schaute sie sich lange um. Dann nahm sie ihre Zimmerschlüssel in Empfang und verschwand wortlos. Sie hatte keinerlei Gepäck dabei, nur eine schwarze Handtasche. Die Hotelgäste, die jene Unbekannte gesehen hatten, verspürten eine seltsame Kühle, die in der Luft lag. Und es war ganz merkwürdig, aber sie fuhr mit einem Fahrtsuhl nach oben, der eigentlich stillgelegt war. Die Lady hatte Zimmer Nummer 77. Sie wollte unter keinen Umständen gestört werden. Und als sie am nächsten Morgen nicht zum Frühstück erschien, kümmerte sich auch keiner um sie. Doch als sie auch am Mittag nicht im Restaurant erschien, veranlasste der Hoteldirektor, im Zimmer nachzuschauen, ob alles in Ordnung sei. Mehrmals klopfte der Page an die Tür, doch es öffnete niemand. Schlief die Lady vielleicht noch? Auf dem Fußboden entdeckte er ein grünes blutverschmiertes Handtuch. Es lag auf dem Gang und der Page hatte einen furchtbaren Verdacht. Vorsichtig schloss er die Tür auf und trat ein. Zunächst konnte er nichts Verdächtiges sehen, doch dann sah er, dass einer der Ohrensessel zum geöffneten Fenster ausgerichtet war. Der Page lief zum Sessel und erschrak! Im Sessel lag der leblose Körper der vermissten Lady. Umgehend rief er den Direktor. Als der erschien, geschah etwas merkwürdiges, das grüne Handtuch schien sich zu bewegen. Es entwickelte ein regelrechtes Eigenleben. Zunächst glaubten alle, der Wind, der durch das geöffnete Fenster drang, sei schuld daran. Doch plötzlich erhob sich das Handtuch wie von selbst in die Luft, flog ins Zimmer hinein und wedelte um die tote Lady herum. Die Anwesenden fuhren erschrocken zur Seite, beobachteten schockiert den Spuk. Das Handtuch kreiste eine Weile über den Leuten, dann fuhr es hinunter, geradewegs auf den Hoteldirektor zu. Der fuhr entsetzt zur Seite, doch es war bereits zu spät. Das Handtuch wirbelte drohend um seinen Kopf und schlang sich schließlich in Windeseile um seine Hände. Der Direktor konnte gar nichts tun, denn alles geschah derart schnell, dass er nicht mehr reagieren konnte.

Doch das Handtuch gab noch immer keine Ruhe. Wie eine Hand, die aus der Hölle kam, zog es den Direktor gnadenlos zu Boden. Dort blieb es haften und hielt den Direktor gefangen. Der lag hilflos und gefesselt am Boden und konnte sich nicht mehr rühren. Und nun sahen es auch die herbeigeeilten Hotelgäste: An seinen Händen klebte Blut, welches nicht von ihm zu stammen schien. Die schnell eintreffende Polizei befreite den Direktor aus seiner misslichen Lage und verhaftete ihn sofort. Es stellte sich heraus, dass er der gesuchte Mörder war. Das Blut an seinen Händen und am Handtuch glich eindeutig dem Blut der Toten. Er gab schließlich alles zu. Auch die anderen Hotelgäste hatte er aus Geldgier umgebracht. Später konnte auch die geheimnisvolle Tote identifiziert werden. Es war Lady Macbeth – und es war ihr 77. Geburtstag. Und das grüne Handtuch war das gleiche, mit welchem sie damals am See erwürgt wurde.

Die Pension von „Toms-Point"

Die alte Pension in „Toms-Point" war mir zunächst gar nicht aufgefallen. Weder in einer Straßenkarte noch in meinem Navi wurde darauf hingewiesen. Deswegen wunderte ich mich, dass es hier mitten im Wald solch eine Pension gab. Schon die Straße dorthin war mehr als abenteuerlich. Nach dutzenden Kurven und Biegungen gelangte ich schließlich an diesen rätselhaften Ort. Einen Parkplatz suchte man dort vergebens. Und eine extra Einfahrt schien wohl besonderer Luxus zu sein, es gab keine solche. Nur an dem schmalen Pfad, der geradewegs zur Eingangstür führte, stand ein verwittertes Hinweisschild: „Toms-Point-Pension" Weil mir die Suche nach einer anderen Unterkunft viel zu aufwendig erschien und

ich endlich ins Bett wollte, entschied ich mich für diese Pension. Mein Fahrzeug stellte ich gleich neben dem schmalen Weg ab und betrat das merkwürdige zugewachsene Gebäude. Seltsamerweise gab es auch keine Rezeption. Nur ein großes Schild mit der Aufschrift: *Dieses Haus weiß alles!* Ein alter Mann kam gerade die dunklen knarrenden Stufen herunter und musterte mich skeptisch. Dann fragte er mich, ob ich ein Zimmer für die Nacht suchte. Ich sagte „Ja" und fragte ihn nach dem Preis. Es war ganz seltsam, aber es schien bald so, als ob er diese Frage noch niemals gehört hätte. Er starrte mich sekundenlang an und nannte mir dann eine sehr niedrige

Summe, die mich ebenfalls sehr verwunderte. Ich war jedoch zufrieden und ging sofort in mein Zimmer im Obergeschoss. Das Zimmer war sehr gemütlich: ein Bett, ein Tisch, ein Stuhl, sogar eine Dusche hatte dieses winzige Zimmer zu bieten. Da ich vergessen hatte, nach den Mahlzeiten zu fragen, duschte ich mich erst einmal und wollte danach noch einmal zu dem alten Mann nach unten gehen, um ihn danach zu fragen. Als ich unter der Dusche stand, hörte ich es zum ersten Male, dieses seltsame Glucksen in der Wand. Solch ein merkwürdiges Geräusch hatte ich noch nie gehört. Es gluckste und brummte im Gebälk, als ob sich das gesamte Gebäude zu strecken schien. Plötzlich blieb das Wasser weg. Auch das Licht flackerte bedenklich. Ich ging schnellstens aus der Dusche und trocknete mich ab. Ich wusste nicht, wie lange es noch Wasser gab. Vielleicht waren diese merkwürdigen Geräusche ein Hinweis darauf, dass bald gar nichts mehr funktionierte? Zumindest fühlte ich mich ein wenig frischer und begab mich noch einmal ins Erdgeschoss, wo ich vorhin den Alten getroffen hatte. Er lehnte mit einer Zeitung in der Hand an einer Säule und nahm keinerlei Notiz von mir. „Entschuldigen Sie bitte", mit diesen Worten störte ich ihn vorsichtig, „woher bekomme ich eigentlich etwas zu essen?" Wie schon vorhin musterte er mich von oben bis unten. Dann sagte er leise, dass er mir später etwas aufs Zimmer bringen könnte, da es hier keine Gaststube gäbe. Ich war zufrieden und ging ins Zimmer zurück. Nach einer Stunde klopfte es und der alte Mann brachte mir einen Teller mit belegten Broten und einer Flasche Rotwein aufs Zimmer. Ich staunte nicht schlecht, denn es war ein sehr alter Rotwein, den er mir kredenzte. Ich zahlte sofort und der Alte verschwand. Irgendwann war ich so müde, dass ich ins Bett gehen musste. Doch plötzlich vernahm ich wieder dieses merkwürdige Glucksen und Brummen. Es kam von unten und war lauter als eben noch. Da es einfach nicht mehr aufhörte, zog ich mir etwas drüber und wollte selbst nachschauen, woher diese Geräusche kamen. Als ich auf dem Gang vor meinem Zimmer stand, schien es mir, als seien die anderen Zimmer auf dem Gang unbewohnt zu sein. Das ganze Haus erschien mir wie ausgestorben. War ich am Ende der einzige Gast in dieser Nacht? Vorsichtig und leise schlich ich mich die Treppe nach unten. Das Glucksen war dort sehr laut zu hören, doch es musste von noch weiter unten kommen, aus dem Keller vielleicht. In der spärlichen Beleuchtung konnte ich kaum etwas erkennen. Hinter der Treppe, die nach oben führte, entdeckte ich eine dunkle Holztür. Ich klinkte mehrmals und schließlich ließ sie sich öffnen. Sie knarrte und ich erschrak. Unter keinen Umständen wollte ich entdeckt werden. Hatte der Alte etwas bemerkt? Ich hielt den Atem an und wartete einige Sekunden ab. Doch es tat sich nichts und ich schlüpfte durch den schmalen Spalt in den dunklen Gang hinter der Tür.

Glücklicherweise hatte ich mir eine kleine Taschenlampe mitgenommen. So konnte ich wenigstens sehen, wo ich mich befand. Eine schmale Holztreppe führte nach unten. Langsam schritt ich die hölzernen Stufen hinab und das Glucksen und Brummen wurde immer lauter und lauter. Als ich unten angekommen war, stand ich erneut vor einer Tür. Doch diese Tür sah sehr seltsam aus. Sie hatte rostige schmiedeeiserne Beschläge und war feucht und modrig. Mit aller Kraft drückte ich die eiserne Klinke. Erst, als ich mich mit meinem ganzen Körpergewicht an sie hing, ließ sie sich langsam herunterdrücken. Laut knarrend öffnete sich die Tür. Ich leuchtete mir den Weg aus. Doch was ich dann sah, verschlug mir die Sprache. Das laute Glucksen kam aus einem sackartigen Behälter, in welchem diverse Flüssigkeiten zu gären schienen. Überall hingen Schläuche und Zuleitungen herum. Darin flossen irgendwelche bunten Lösungen. Sämtliche Zuleitungen und Schläuche führten zu einem riesigen Gebilde am Ende des Raumes. In regelmäßigen Abständen pumpte es sich auf und zog sich wieder zusammen. Dabei erzeugte es dieses seltsame Brummen, welches sich hier unten anhörte wie ein Herzschlag! Auch der Geruch war sehr merkwürdig – es roch vergoren und irgendwie nach Schwefel. Ich lief weiter in den Raum hinein. Dutzende Zuleitungen und Sehnen mit einer seltsamen fluktuierenden Flüssigkeit führten in eine dunkle verwinkelte Nische des Raumes. Es zischte und brodelte, je näher ich dieser Nische kam. Auch die Zuleitungen waren nicht mehr zu zählen, es mussten hunderte sein, tausende! In jeder dieser Zuleitungen war eine andersfarbige Flüssigkeit enthalten, die geradewegs zu der Nische strömte. Ich war jetzt dicht vor der Ecke zur Nische und erstarrte im gleichen Moment vor Schreck! Vor mir pulsierte ein riesiges durchfurchtes Gebilde, ein menschliches Gehirn! Ich wusste nicht mehr, was ich denken sollte. Mir war plötzlich speiübel und die zischenden und pulsierenden Geräusche formten sich in meinen Ohren zu einer Explosion. Ich bekam Atemnot, Panik, hatte nur noch einen Gedanken: Nichts wie weg von hier, raus aus diesem Raum! Unter den brodelnden Zuleitungen rannte ich bis hin zu der dunklen Holztür. Glücklicherweise stand die noch offen. Über die Treppe rannte ich nach oben und schloss atemlos die Tür hinter mir. Unbemerkt schlich ich mich in mein Zimmer und packte meine Sachen in meine Reisetasche. Entsetzt bemerkte ich, wie sich die Wände meines Zimmers immer stärker zusammenzogen. Eine grässlich grüne Flüssigkeit trat aus den Wänden hervor und benetzte alles, was darinstand. Vor meinen Augen begann sich die Einrichtung zu zersetzen und auch mein noch auf dem Bett befindlicher Schlafanzug verflüssigte sich ganz langsam. Ich schnappte meine Tasche und rannte aus dem Raum. Auf dem Gang kam mir der Alte entgegen. Doch er sah anders aus als am Abend. Er hatte ein entstelltes Gesicht und seine Haut hing ihm in Fetzen vom Leibe. Mit seinen skelettierten Händen griff er nach mir. Ich sprang an ihm vorbei auf die Treppe, die nach unten führte. Die löste sich langsam auf, denn die grüne Flüssigkeit lief an allen Wänden herunter und hatte schon diverse Zimmertüren zersetzt. Im letzten Augenblick erreichte ich den Ausgang. Als ich draußen war, hörte ich, wie hinter mir mit lauten schmatzenden Geräuschen das Haus langsam in sich zusammensank. Ich warf die Tasche ins Auto und raste über den schmalen Weg davon. Nach stundenlanger Irrfahrt durch den Wald gelangte ich zu einer Straße. Ungefähr zwei Stunden raste ich einfach geradeaus. Mein ganzer Körper zitterte und ich war vollkommen am Ende mit meinen Nerven. So etwas hatte ich noch nie erlebt. Was ging da nur vor? Hatte ich das eben alles wirklich erlebt? Oder war das nur ein böser Traum? Die Landstraße mündete in eine weitere Straße und ich sah wieder einige Fahrzeuge, die an mir vorbeifuhren.

Erleichtert verminderte ich mein Tempo und hielt schließlich vor einem kleinen Motel den Wagen an. Dort hatten wohl auch schon einige Trucker eine Rast eingelegt, jedenfalls standen zwei große Trucks vor dem Gebäude. Von drinnen hörte ich laute Stimmen und trat ein. Ich setzte mich an einen leeren Tisch und bestellte mir erst einmal einen Schnaps. Einer der am Billardtisch stehenden Trucker sah mich und rief laut: „Na, da haben wir doch endlich einen neuen Mitspieler!"

Ich konnte mich gar nicht so richtig mit den anderen freuen, zu tief saß mir noch der Schreck in den Gliedern. Die Bedienung kam und brachte mir das Getränk. Dann fragte sie mich, warum ich so weiß im Gesicht aussähe. Sie machte sich Sorgen um meinen Gesundheitszustand. Dabei setzte sie sich zu mir und fragte mich, was los sei. Immer noch starr vor Schreck erzählte ich ihr von meinen unfassbaren Erlebnissen in der Pension bei „Toms-Point". Die Bedienung rief die Trucker an den Tisch und die hörten mir ebenfalls sehr gespannt zu. Als ich meine Erzählung beendet hatte, meinte einer der Trucker: „Toms-Point gibt es schon seit zehn Jahren nicht mehr. Wie konnten Sie überhaupt dort entlangfahren. Damals hatte es dort einen furchtbaren Erdrutsch gegeben. Das gesamte Gelände fiel regelrecht herab und begrub eine Pension unter sich. Der Pensionsbesitzer, ein gewisser Mr. Jefferson, kam bei diesem schlimmen Unglück ums Leben. Seine Leiche aber fand man nie. Das Unglück geschah übrigens genau heute vor zehn Jahren." Irritiert starrte ich den Trucker an und wollte ihn noch etwas fragen. Aber da entdeckte ich ein leuchtendes Schild hinter dem Tresen. In glühenden Lettern stand da geschrieben: *Dieses Haus weiß alles!*

Kreditvertrag mit dem Teufel

Man sagt, es gibt Menschen, die sind so böse, dass sie mit dem Teufel verwandt sind. Ich glaubte solche Geschichten nicht, aber eines Tages lief mir ein seltsamer alter Mann über den Weg, der meine bisherigen Ansichten regelrecht verbrennen sollte. In meinem Wohngebiet lebten viele arme Leute. Sie hatten keine Arbeit und keine Aussicht, dass es jemals besser werden könnte. Alkohol und Hoffnungslosigkeit kennzeichnete die Gegend. Auch eine Kirche gab es dort nicht. Wozu auch? Die Leute hatten kein Geld und wussten nicht, woran sie noch glauben sollten. Es schien nur zu verständlich, dass sie sich von Gott verlassen fühlten. Da kam es wie gerufen, wenn sich jemand der Probleme all dieser Leute annahm. Viele unseriöse Geschäftemacher erschienen wie aus dem Nichts und betrogen die ohnehin schon bedürftigen Menschen um ihr letztes bisschen Hab und Gut. Sie verschwanden so schnell wie sie aufgetaucht waren und keiner konnte ihnen etwas nachweisen. Und wer hatte auch schon das Geld, um sich einen teuren Anwalt leisten zu können, um gegen diese Gauner und Betrüger vorzugehen? All das wussten die Gauner sehr genau! Eines Tages kam wieder so ein seltsamer Mann. Er war schon etwas älter und da er ein gutmütiges Gesicht in der Öffentlichkeit aufsetzte und den Menschen sympathisch gegenübertrat, schöpften sie schnell Vertrauen. Doch der

Alte hatte zwei Gesichter. Das andere, furchtbare und grausame Gesicht sah keiner. Auch ich hatte damals nicht genug Geld, um mein Leben finanzieren zu können. Gerade hatte ich meinen Job verloren und keiner wollte mich mehr einstellen. Doch die bestehenden Kredite und die monatlichen Zahlungen an den Vermieter und an die Telefongesellschaft mussten weitergezahlt werden. Ich wusste nur nicht, wovon!

So ging ich in die Kneipe, um von den Problemen ein wenig Abstand zu bekommen. Plötzlich ging die Tür auf und der alte Mann kam herein. Er schien mir anzusehen, dass es mir nicht sehr gut ging. Sofort setzte er sich an meinen Tisch und bestellte eine Runde nach der anderen. Wir kamen ins Gespräch und ohne, dass ich es merkte, horchte mich der Alte Stück für Stück aus. Irgendwann hatte ich so viel getrunken, dass ich gar nichts mehr wusste.

Mein Kopf fiel auf die Tischplatte und ich war sternhagelvoll! Der Alte, der nur das vorhatte, schob mir einen Kreditvertrag unter die Nase, den ich willenlos und nicht mehr Herr meiner Sinne unterschrieb. Es war ein Kreditvertrag über Fünftausend Dollar. Irgendjemand musste mich nach Hause gebracht haben, jedenfalls wachte ich am nächsten Morgen in meinem Bett auf. Mir ging es wirklich gar nicht gut, alles tat mir weh und schwindlig war mir auch. Kaum kam ich aus den Federn. Auf dem Tisch lag etwas, irgendein Dokument. Ich konnte mich nicht erinnern, wie es dorthin gekommen war. Gähnend zog ich es vom Tisch und las, was darauf stand. Als ich sah, dass ich einen Kreditvertrag über Fünftausend Dollar unterzeichnet hatte, wurde ich schlagartig wach. Ich brauchte nicht einmal einen starken Kaffee. Nur auf meine morgendliche Dusche wollte ich auch an diesem Tage auf keinen Fall verzichten. Als ich mich ein wenig frischer fühlte, zog ich mich an und ging sofort zu dem Alten. Der hatte ein Büro gleich um die Ecke eröffnet. An seinem goldenen Schild las ich: Kreditvermittlung. Ich konnte es nicht glauben, dass ich einem miesen Kredithai aufgesessen war. Immer schimpfte ich auf die anderen, die so dumm waren, sich über den Tisch ziehen zu lassen. Und nun hatte es mich selbst erwischt! Satt und grinsend thronte der Alte wie ein Fürst hinter seinem Eichenholzschreibtisch und paffte an einer Zigarre. Sein blütenweißes Hemd ließ die Leute glauben, dass er es ehrlich mit ihnen meinte. Doch ich wusste, dass er in Wahrheit ein bösartiger, hinterhältiger Schurke war. Seine Luxuskarosse, die er vor seinem Büro auf der Straße parkte, zeugte wohl davon. Ich stellte ihn zur Rede, fragte, was dieser Kreditvertrag zu bedeuten hätte. Doch er grinste nur und meinte dann eiskalt: „Den haben Sie doch unterschrieben und nicht ich. Sie müssen in drei Monaten das Geld an mich zurückzahlen, und zwar mit Zins und Zinseszins! Tun Sie das nicht, werde ich Ihnen den Stuhl unter Ihrem Hintern wegpfänden lassen!" Dabei lachte er laut und blies mir den beißenden Zigarrenrauch in die Augen. Ich konnte gar nichts mehr sehen und stotterte nur noch herum. Ich unterbreitete ihm den Vorschlag, die Raten so klein wie möglich zu halten oder vielleicht den Vertrag wieder zurück zu nehmen. Doch der Alte wollte mich nicht länger anhören. Er warf mich einfach aus seinem Büro. Da ich einen heftigen Kater hatte, gehorchte ich und ließ mich von ihm einschüchtern. Ich ging nach Hause, legte mich verzweifelt aufs Sofa und schlief irgendwann total erschöpft ein. Gegen Mitternacht wurde ich wieder wach. Sofort fiel mir alles wieder ein. Dieser Betrüger, der Kreditvertrag, meine Schulden bei ihm, so konnte ich das nicht stehenlassen! Ich musste zu ihm gehen, um den Vertrag rückgängig zu machen. Doch mir war klar, dass er mir das Original des Vertrages niemals aushändigen würde. So beschloss ich, mir den Vertrag auf andere Weise zurück zu holen. Ich wollte in sein Büro einbrechen, um nach dem Dokument zu suchen. Auch wenn ich wusste, dass ich etwas Verbotenes vorhatte, musste ich es tun. Immerhin hatte der Alte ja auch etwas Verbotenes getan. Er hatte sich in meinem hilflosen Zustand meine Unterschrift erschlichen! Obwohl mir nicht wohl war bei diesem Gedanken, zog ich mich dennoch an und lief zu seinem Büro an der Ecke. Vor dem Gebäude befand sich keine Straßenlaterne und so konnte ich an den Türen des Büroeingangs testen, ob sie offenstanden. Leider hatte ich kein Glück. Mein Blick fiel auf ein Kellerfenster. Es stand offen, sollte ich dort einsteigen? Ich tat es und es war groß genug, sodass ich hindurchpasste. Auch die Kellertür, die ins Treppenhaus führte, stand offen. Vorsichtig und leise schlich ich die Treppen hinauf, bis ich vor seinem Büro stand. Als ich klinkte, staunte ich nicht schlecht, auch diese Tür war nicht verschlossen! War der Alte etwa noch da? Ich zögerte, doch dann fasste ich mir ein Herz und trat auf leisen Sohlen in den dahinter befindlichen Raum. Was ich dort sah, ließ mir das Blut in den Adern gefrieren. Es war das Büro, in welchem ich selbst gewesen bin. Überall standen Kerzen und verbreiteten ein gespenstisches Licht. Doch das Merkwürdigste war, das mitten im Zimmer der Alte stand. Regungslos verharrte er zwischen zwei steinernen mannshohen Vögeln mit roten Augen. Plötzlich fegte ein starker Wind durch den Raum und blies einige Kerzen aus. Der Alte erhob sich in die Luft und verwandelte sich in ein schwarzes Wesen mit breiten Flügeln, zwei spitzen Hörnern und stechend roten Augen. Er flog auf das Fenster zu und löste sich dabei plötzlich in Luft auf. Auch die steinernen Vögel erhoben sich und folgten ihm ins Nichts. Ein Geruch von Schwefel und verbranntem Holz zog in meine Nase. Ängstlich starrte ich in den leeren Raum. War das eine Halluzination oder hatte ich das eben alles wirklich erlebt? Der Schreck war mir derartig in meine Gliedmaßen gefahren, dass ich mich kaum fortbewegen konnte. Als ich schließlich vor dem Schreibtisch stand, entdeckte ich ein kleines Feuerzeug. Ich zündete damit die Kerzen wieder an und entdeckte dutzende Verträge auf dem Tisch. Sie lagen wüst auf der Tischplatte herum. Darunter fand ich auch meinen Vertrag. Ich zog ihn unter einem Stapel von Dokumenten hervor und nahm ihn an mich. Im gleichen Augenblick erhob sich ein furchtbares Getöse. Schlagartig wurde mir klar, dass der Alte zurückkehrte! Aus der Ferne sah ich bereits die roten Augen, die schnell näherkamen. Schnellstens verließ ich das Büro. Ich lief bis zum Keller hinunter und kletterte aus dem Fenster. So schnell ich konnte rannte ich zu mir nach Hause. Dort schloss ich mich ein. Den Originalvertrag und auch meine Kopie verbrannte ich in meinem Küchenherd, der noch mit Kohle befeuert wurde. Ich glaubte, dass damit alles beendet sei. Doch ich hatte vergessen, um wen es sich bei dem Alten handelte. Ich kroch gerade in mein Bett zurück, da polterte und krachte es an den Fenstern meiner Wohnung. Als ich nach der Ursache für den Krawall schaute, erschrak ich fürchterlich! Vor dem Schlafzimmerfenster tanzten die steinernen Vögel mit den roten Augen auf und nieder. Und vorm Wohnzimmerfenster schwebte der Leibhaftige mit seinen beiden Hörnern auf dem Kopf und starrte bedrohlich in den Raum. Sein stechend roter Blick durchschnitt beinahe meine Fensterscheiben. Doch er kam nicht hindurch. Irgendetwas schien ihn abzuhalten. Ich wusste nicht, was es sein konnte und mein Blick flog durchs Zimmer. Plötzlich wusste ich, warum der Teufel nicht hereinkam. Am Fenster stand ein kleines Kruzifix und in meinem

Bücherregal bewahrte ich eine Bibel auf. Sie leuchtete hell auf und schließlich zog der Teufel von dannen. Seit diesem furchtbaren Erlebnis trug ich ein kleines silbernes Kreuz an einer Kette um den Hals. Den Kreditvertrag musste ich nie zurückzahlen. Auch das Büro des Kredithaies wurde geschlossen. Es hieß, er sei bei einem Wohnungsbrand ums Leben gekommen. Seine Leiche jedoch konnte nie gefunden werden. Ich wusste es besser. Er war wohl von einer Feuerwalze in die Hölle verfrachtet worden. Doch das aller komischste war, dass seitdem nur noch sehr selten teuflische Betrüger die Gegend heimsuchten. An ihrer Stelle kamen Investoren, die ihrerseits viele Arbeitsstellen schafften. Und ich ahnte auch warum. Man hatte begonnen, in unserem Ort endlich eine Kirche zu bauen.

Der Untote

nachts gehe ich oft über den Friedhof spazieren. Ich denke dann viel über so manche Dinge nach, die mich am Tage beschäftigten und bei denen ich zu keiner Lösung kam. Es war mir dann so, als würden die vielen toten Seelen zu mir sprechen und mir einen Rat geben. Irgendwie schien es mir sehr wichtig, dort zu sein. Ich hatte sogar schon meinen festen Platz, auf einer verwitterten Bank zwischen zwei alten Grabsteinen gefunden. An jenem verregneten Abend wollte ich eigentlich gar nicht mehr hinaus. Doch ich hatte einige Schwierigkeiten bei meiner Arbeit, wollte den Job aufgeben, weil er mir nichts mehr gab. Ich brauchte dringend eine Erleuchtung. Lange saß ich vor dem Fernseher, doch ich konnte mich auf keine einzige Sendung konzentrieren. Kurzerhand zog ich meinen Anorak über und lief los. Der Friedhof war nicht weit von meinem Haus entfernt. Unter meinen Schuhen schmatzte der morastige Boden, und ich war mir nicht sicher, ob ich nicht doch wieder umkehren sollte. Doch meine innere Unruhe verhinderte das. Ich lief bis zu meiner verwitterten Bank zwischen den beiden alten Gräbern. Sie war nass und unter ihr hatte sich eine große Pfütze gebildet. Ich zog ein Taschentuch aus meiner Hosentasche und wischte damit die Bank etwas trocken. Dann setzte ich mich und dachte lange nach. Ein leichter Wind bewegte sanft die Blätter der Bäume. Das leise Rauschen vermischte sich mit einem seltsamen Knacken. Waren das die Äste der Bäume oder kam noch jemand auf den Friedhof? Ich versuchte, durch den strömenden Regen irgendetwas zu erkennen. Doch es gelang mir nicht. Das Knacken jedoch wurde immer lauter. Irritiert stand ich auf und lief ein Stück – vielleicht konnte ich von einer anderen Position aus etwas mehr erkennen. Es funktionierte. Auf der Wiese hinter den Gräbern entdeckte ich mehrere Personen. Sie standen vor einem kleinen Geräteschuppen und rührten sich nicht. Natürlich erschrak ich mich fürchterlich. Denn ich konnte mir einfach nicht vorstellen, dass so viele Besucher um diese Uhrzeit noch hierherkamen. Ich versteckte mich hinter einem dicken Baum. Und plötzlich drehten sich die Personen um und starrten in meine Richtung. Ein heftiger Blitz durchzuckte mich – hatten sie mich nun doch entdeckt? Und wer waren überhaupt diese Leute? Langsam schritt eine der Personen auf mein Versteck zu. Sollte ich davonrennen? Panik machte sich in mir breit. Die fremde Person lief an einer düster scheinenden Laterne vorbei, welche die Wiese in ein gespenstisches Licht tauchte. Für kurze Zeit erkannte ich ihr Gesicht, ich erschrak, es war blutverschmiert, hohlwangig und seltsam knochig. Handelte es sich bei der fremden Person um einen Untoten? Auch die Kleidung hing dem Unbekannten in Fetzen vom Leibe. Langsam kam der vermeintliche Untote näher an mein Versteck heran. Mir wurde schlecht. Wenn ich dieser furchterregenden Gestalt noch entkommen wollte, musste ich sofort losrennen. Doch plötzlich war die Gestalt verschwunden. Auch die anderen Personen, die auf der Wiese standen, waren fort! Mich überkam eine merkwürdige Kälte. War das die Kälte des Todes? Ich spürte, wie sie durch meine Kleidung drang. Panisch rannte ich los! Ängstlich schaute ich mich um und lief hastig den Weg bis zum Ausgang. Als ich auf der Straße ankam, rannte ich so schnell ich konnte bis zu meinem Haus. Dort schloss ich meine Wohnungstür mehrmals von innen ab. Ich zitterte und fühlte mich überhaupt nicht mehr wohl. Warum kam die grausige Gestalt so nahe an mich heran? Wollte sie mir etwas antun? Oder wollte sie mich nur erschrecken? Mehr und mehr keimte in mir der Verdacht, der Untote wollte mir ein Zeichen geben. Langsam kam ich wieder zur Ruhe. Und plötzlich zog es mich doch wieder zurück zum Friedhof. Auch wenn mir alles andere als wohl zumute war, zog er mich magisch an. Unterdessen hatte es aufgehört zu regnen. Wieder lief ich bis zu meiner Bank zwischen den Gräbern. Und wieder schaute ich auf die düster beleuchtete Wiese hinter den Grabsteinen. Diesmal jedoch konnte ich niemanden sehen. Keine fremden Personen, keine Untoten, niemand hielt sich auf der Wiese auf. Mutig lief ich auf die Wiese und versuchte, in dem düsteren Licht der Laterne irgendetwas zu erkennen. Etwas weiter vor mir entdeckte ich ein Grab. Es musste gerade erst angelegt worden sein, denn die Erde war noch frisch und es lagen unzählige Blumensträuße und Kränze auf dem Grab. Plötzlich entzündeten sich zwei Kerzen, die auf dem Rand des Grabsteines standen. Ich zuckte zusammen, was ging hier vor? Ich wollte wegrennen, doch eine unsichtbare Macht schien mich am Ort festzuhalten. Sie ließ einfach nicht zu, dass ich jetzt ging. Eine Stimme flüsterte hinter mir, erschrocken fuhr ich herum, doch da stand keiner. Ich konnte mir das alles nicht erklären und hatte große Angst. Die Stimme flüsterte: „Schau in das Grab, schau in das Grab." Und so obskur dieser Gedanke auch war, ich dachte wirklich daran, dass gerade erst verschlossene Grab wieder zu öffnen. Hinter dem Grabstein entdeckte ich eine Schaufel, die wohl ein Friedhofsgärtner hier liegen gelassen haben musste. Ich nahm sie und begann die Erde von der Grabstelle herunter zu schaufeln. Plötzlich stieß ich auf einen Widerstand. Sofort ließ ich die Schaufel fallen und schob mit meinen Händen die Erde beiseite. Was ich dann sah, versetzte mir einen furchtbaren Schock. Vor mir entblößte sich das Gesicht eines Toten. Und als ob das alles noch nicht furchtbar genug sein sollte, erkannte ich auch das Gesicht. Es ähnelte verblüffend dem des Untoten, der vorhin auf mich zukam. Ich hatte genug. Für mich stand fest, dass hier etwas nicht stimmen konnte. Mit meinem Handy rief ich die Polizei. Nach wenigen Minuten traf sie ein. Sie hoben die gesamte Grabstelle aus und fanden zwei Leichen darin. Eine davon gehörte nicht dorthin. Der Mann wurde anderswo umgebracht und lediglich dort verscharrt. Nur wer war der Mörder? Die Beamten konnten ihn nicht finden und tappten im Dunkeln. Eine Woche später ging ich abermals auf den Friedhof. Und diesmal sah ich sie wieder, die merkwürdigen Personen auf der Wiese. Wieder standen sie vor dem alten Geräteschuppen und rührten sich nicht. Als ich mich ihnen vorsichtig näherte, verschwanden sie ganz plötzlich. Am Geräteschuppen konnte ich jedoch nichts Verdächtiges sehen. Nur ein Stück Holz lag auf dem Fußboden. Ich wollte es aufheben, dabei entdeckte ich einen verblassten Blutfleck, der sich darunter versteckte. Wieder alarmierte ich die Polizei, vielleicht gab es hier noch weitere Tote. Die Beamten sicherten das Holzstück und ließen es, wie auch den eingetrockneten Blutfleck, genau untersuchen. Und endlich konnte der Mordfall gelöst werden! Man fand heraus, dass das Holzstück von einer Hacke stammte, die man später auf dem Friedhof fand. Doch wer hatte den Mord verübt. Einer der Friedhofsgärtner verstrickte sich derart in Widersprüche, dass er schließlich alles gestand. Demnach hatte er den Mann mit der Hacke erschlagen. Man fand heraus, dass sich die beiden von einer früheren Arbeit her kannten. Der Friedhofsgärtner hatte dem Mann eine höhere Geldsumme geliehen. Doch er erhielt sie nie zurück. Eines Tages kam der Mann zum Friedhof, um seine Angehörigen, die dort lagen, zu besuchen. Der Friedhofsgärtner, der das sah, eilte herbei und stellte ihn zur Rede. Als der vorgab, kein Geld zu haben, musste der Gärtner rotgesehen haben und schlug mit Hacke mehrmals auf sein Opfer ein. Der schwer verletzte Mann fiel vor dem Geräteschuppen um und starb an seinen Verletzungen. Der Gärtner verbrachte die Leiche in ein noch frisches Grab. Er legte die Leiche dort hinein und schaufelte es wieder zu. Das Blut vergaß er wohl wegzuwischen. Auch das Holzstück musste er übersehen haben. Ich war erleichtert, dass ich den Beamten helfen konnte, damit der Tote endlich sein eigenes Grab bekommen konnte. Als ich einige Nächte später wieder zum Friedhof ging, um mich auf meine Bank zu setzen, sah ich erneut eine rätselhafte Person auf der Wiese, es war der Untote von damals. Doch diesmal kam er nicht zu mir herunter. Er winkte mir zu und ich wusste, dass er sich bedanken wollte. Endlich fand seine Seele Ruhe, die Ruhe des Todes!

Das Grauen von „Schloss Krähenwald"

Das alte „Schloss Krähenwald" lag friedlich und malerisch eingebettet unter den Bäumen des Waldes. Es stammte noch aus dem 14. Jahrhundert und wurde einst von der legendären Fürstin Reinhilde von Krähenwald erbaut. Wer sie wirklich war, wusste niemand. Sie achtete auf strikte Verschwiegenheit, wobei sie auch kaum Personal, das sich um die Belange des Schlosses hätte kümmern können, einstellte. Die Fürstin lebte sehr lange auf dem Schloss, bis sie schließlich verschwand. Lange stand dieses Schloss leer und es rankten sich dutzende Legenden um diese ehrwürdige Anlage. Seine Bauart und seine Lage erinnerten eher an ein Spukschloss als an einen herrlichen Landsitz. Außerdem kursierte jahrelang die Annahme, ein Zauberer hätte sich hinter den dunklen Mauern des Schlosses eingenistet und würde jeden umbringen, der sich dem Bauwerk nähert. Bis heute konnte das nicht bewiesen werden.

Allerdings konnte auch keiner diese Sage widerlegen. Aber es war ein Fakt, dass seltsame Dinge dort vorgingen. Es musste wohl ein Nachkomme der Fürstin von Krähenwald gewesen sein, der das Schloss nun seit vielen Jahren nutzte. Nur gesehen hatte man ihn nie. Er ließ den tiefen Graben, der um das Schloss führte, erneuern und mit Wasser befüllen. Außerdem ließ er sämtliche Fenster, die nach außen zeigten, zumauern. Seitdem glich das Schloss eher einer Festung und niemand wagte sich in die Nähe dieser geheimnisvollen Anlage. Ich hatte von diesem Schloss gehört und sofort packte mich meine Neugierde. Natürlich wollte ich mehr über die Schlossanlage wissen und erfuhr über Umwege, dass über die Jahrhunderte dutzende von Menschen aus dem nahegelegenen Dorf verschwanden. Man konnte sie nie mehr wiederfinden, und nun wurden wieder zwei Männer vermisst. Besonders im Mittelalter verzeichnete man unzählige solcher Fälle. Und so wunderte es auch nicht, dass es auch bis in die heutige Zeit immer wieder vorkam, dass Menschen aus verschwanden. Erst vor drei Monaten vor meiner Ankunft vermisste man zwei Bauern aus dem Dorf. Das letzte Mal sah man sie, als sie sich auf dem Weg, der durch das dichte Waldstück um das Schloss führte. Und es war klar, dass sich die gruseligsten Geschichten um das Verschwinden der Männer rankten. Man sprach sogar davon, dass man die beiden umgebracht hätte und deren grausam entstellte Geister seitdem durch den Wald flogen würden. Ich konnte all diese Dinge nicht glauben. Es gab ganz sicher eine logische Erklärung für deren Verschwinden. Aber das war ganz sicher nicht der Grund, der mich in die herrliche Landschaft, rund um das alte Schloss trieb. Ich wollte eine Reportage schreiben, in welcher natürlich das Schloss eine tragende Rolle spielen sollte. Denn es sollten wieder mehr Touristen in das Gebiet kommen. Und ich wollte mit meiner Reportage ein wenig dabei behilflich sein. So fuhr ich hin und staunte, wie sorgsam man in dieser Gegend mit der Natur umgegangen war. Man hatte neue Seen angelegt und die kleinen Dörfer liebevoll restauriert. Das alles musste ganz bestimmt ein Heidengeld gekostet haben. Aber es gefiel. Trotzdem blieben die Besucher aus. Die entsetzlichen Legenden, die das Schloss umgaben, schienen wohl noch immer von den Leuten für bare Münze gehalten zu werden.

Und da waren ja auch noch die beiden vermissten Männer. Wo waren die abgeblieben? Waren sie tatsächlich umgekommen? Ich mietete mich in einer kleinen Pension des Dorfes ein. Die Wirtin, eine ältere würdige Dame taxierte mich genau und schob mir misstrauisch den Schlüssel für mein Zimmer über den Tresen. Was die wohl denken mochte? Und als ich später durch das winzige Dorf lief, hatte ich die Vermutung, dass die Leute ganz allgemein sehr misstrauisch waren. Lag das an dem alten Schloss, an den Legenden oder vielleicht auch an den beiden vermissten Bauern? Ich nahm mir vor, gleich am nächsten Tag zum Schloss zu wandern. Vielleicht fand ich ja dort etwas, dass mit dem Verschwinden der Bauern zu tun haben konnte. Vielleicht fand ich auch ein Geheimnis, welches sich seit dem Verschwinden von Fürstin von Krähenwald wie ein Leichentuch über der Gegend ausgebreitet hatte. Am Abend saß ich noch eine Weile in der kleinen Gaststube der Pension. Die Wirtin stand hinter ihrem Tresen und beobachtete mich in einem fort. Mir war das lästig, weil ich auf diese Weise kaum einen Bissen herunterbekam. Ich ging zu ihr und fragte sie, was eigentlich los sei. Ich wollte wissen, warum sie mich so kritisch musterte. Vielleicht wollte sie mir ja auch irgendetwas sagen, was sie sich nicht traute. Zunächst schwieg sie und wollte sich sofort zurückziehen. Doch ich ließ nicht locker und so zog sie mich in ein Hinterzimmer und flüsterte: „Wir beobachten hier alle Fremden, die ankommen. Denn wer weiß, wer sich hinter so manchem Lächeln wirklich verbirgt. Aber auf „Schloss Krähenwald" gehen merkwürdige Dinge vor. Seit Jahren, nein, seit Jahrhunderten verschwinden immer wieder Leute und nie wurden die Fälle aufgeklärt. Aber wissen Sie, dieser neue Schlossherr, den man nie sah, ist nicht ganz ohne. Ich habe gehört, dass er Menschen fängt und aufisst. Neulich sah ich ein seltsames Feuer auf einem der Schlosstürmchen. Es war bereits gegen Mitternacht und plötzlich hörte ich ein lautes Lachen und das Feuer erhob sich wie der Feuerstrahl des Teufels in den Himmel. Seitdem redet hier kaum noch jemand mit dem anderen." Ich schaute die Wirtin misstrauisch an. Sollte es tatsächlich möglich sein, dass hier alle den Durchblick verloren hatten? Was redete diese Dame da für ein wirres Zeug? Menschenfresser, der Teufel, zum Himmel fliegende Feuerbälle, was sollte das? Wollten die Leute damit vielleicht die Fremden vertreiben, weil sie in Wahrheit gar kein Interesse an Besuchern hatten? Noch am selben Abend sprach ich mit dem Bürgermeister des Dorfes. Der war zwar anfänglich ebenfalls ein wenig verschwiegen, doch dann schien er sehr angetan von meiner Idee, mit Hilfe der Reportage über diese wunderschöne Gegend neue Besucher und damit auch Touristen herzulocken. Er wollte mein Vorhaben unterstützen und einen Reiseführer, den ich schreiben sollte, herausbringen. Als ich schließlich irgendwann in der Nacht von meinen Streifzügen in mein Pensionszimmer zurückkehrte, legte ich mich gleich ins Bett. Doch als ich das Licht ausschaltete und durchs Fenster, welches gleich gegenüber von meinem Bett war, hindurchschaute, bemerkte ich einen hellen Schein am Himmel. Was war das? Der Mond? Ein Scheinwerfer? Noch einmal stand ich auf und schaute nach. Da sah ich es nun, dieses seltsame Feuer. Wie eine Art Lichtkugel erhob es sich geräuschlos in den dunklen Nachthimmel hinein. Sie kam aus dem Waldstück, in welchem sich das alte „Schloss Krähenwald" befand. Was war das nur? Ein Kugelblitz? Man sagte ja, dass man die noch immer nicht so genau erforscht hätte. Aber ein Kugelblitz, bei schönem Wetter? Ich legte mich zurück ins Bett und dachte noch lange nach. Welches Geheimnis verbarg sich hinter der Fassade dieses alten Schlosses? Am nächsten Morgen schlief ich etwas länger. Der vergangene Abend war wohl etwas zu aufregend, sodass ich mich wie gerädert fühlte. Trotzdem trieb mich meine Neugierde schließlich aus dem Bett. Nach dem Frühstück packte ich meinen Rucksack und zog los.

Es dauerte ein wenig, bis ich den Wald erreichte, in welchem das Schloss stand. Und es dauerte noch viel länger, durch die wilde Natur zu klettern, weil sich über Jahre keiner mehr mit der Befestigung der Wege befasst hatte. Man wollte wohl nicht, dass jemand bis zum Schloss vordringen konnte. Irgendwann hatte ich das letzte Gebüsch hinter mich gebracht und lief über eine Wiese bis zum Schlossgraben. Und da stand es plötzlich vor mir, „Schloss Krähenwald". Wie eine verfallene Geisterburg erhob es sich vor mir und seine kleinen Türmchen an allen vier Ecken der Anlage ragten drohend und spitz in den Himmel hinein.

Offenbar hatte man das Schloss seit Jahrhunderten nicht mehr verputzt. Überall bröckelte die Fassade und gab den Blick auf die eigentliche Bausubstanz frei. Teilweise war das Schloss mit Moosen und Gebüsch überwuchert. Und der Wassergraben rund um die Anlage war nicht sehr breit aber vermutlich sehr tief. Schlagartig wurde mir klar, dass sich in dieses Gebäude bisher keiner hinein traute. Und dann diese grauenvollen Legenden von Menschenfressern, die hinter der wurmstichigen Fassade ihr Unwesen treiben sollten. Werbewirksam war das wahrlich nicht. Ich allerdings ließ mich von solcherlei Dingen nicht abhalten. Immerhin hatte ich einen wichtigen Auftrag, die Reportage über diese doch recht schöne Gegend. Sie musste in einer

Woche fertig sein. Es schien wohl keinen Eingang in das Schloss zu geben. Jedenfalls lief ich um das ehrwürdige Gebäude herum, ohne einen zu entdecken. Dafür entdeckte ich eine hochgezogene Zugbrücke, die jegliches Eindringen in den vermutlich dahinter befindlichen Schlosshof verhinderte. Wie kam ich also in dieses Schloss hinein? Immer wieder durchquerte ich das Areal vorm Wassergraben. Und plötzlich trat ich auf etwas Hohles. Zumindest hörte es sich an, als ob unter meinen Füßen eine Grube sei. War das eine Falltür? Erschrocken sprang ich auf einen dicken abgesägten Baumstamm. Doch nichts geschah, die vermeintliche Falltür hielt wohl stand. Noch einmal schlich ich mich an diese Stelle, entfernte das darüber gewachsene Gebüsch und sah, dass es sich um eine verrostete Eisenluke mit einem Haken daran handelte. Sicher konnte man diese Luke mit dem Haken öffnen. Mit ganzer Kraft zerrte ich daran, doch die Luke bewegte sich nicht einen Millimeter. Gab es da noch einen anderen Trick? Ich suchte das Gebüsch ab und entdeckte etwas sehr Sonderbares. In eine Baumwurzel eingelassen verbarg sich etwas sehr Irdisches, es war ein elektronisches Zahlenschloss. Darin blinkte ein rotes Lämpchen. Nun musste ich nur noch den Code wissen, dann könnte ich vielleicht die Luke öffnen. Aber wie sollte ich diesen Code herausfinden? Ein Computerhacker war ich nie gewesen, auch wenn ich meine Texte ausschließlich mit meinem Laptop schrieb. Ich schaute mich um, nein, es gab keine Hinweise auf den Code, doch halt! Einen Hinweis könnte es möglicherweise doch geben, die Ausrichtung der Bäume. Es waren fünf Bäume, in deren Mitte sich die Baumwurzel mit dem Zahlenschloss befand. Die fünf Bäume sahen ein wenig seltsam aus, denn man hatte sie von den meisten ihrer Äste befreit. Nur wenige Äste hatte man dran gelassen. War das vielleicht der Zahlencode? Ich zählte am ersten Baum 5 Äste, am zweiten 4 und dann noch die Zahlen 937. Mit diesen Zahlen kroch ich zur Wurzel mit dem Zahlenschloss zurück und gab die Zahlen dort ein. Es passierte jedoch nichts. Vermutlich war das die falsche Reihenfolge der Zahlen und ich versuchte alle möglichen Varianten aus und endlich, das lang ersehnte Knacken ertönte. Kraftvoll zog ich am Haken der Luke und diese sprang wie von allein auf. Sie gab den Blick auf eine Leiter frei. Umständlich hievte ich mich durch die Öffnung und als ich auf der Leiter stand schloss sich die Luke sofort wieder über mir. Die Leiter führte zu einem Stollen. Überall brannte Licht, dennoch war es nicht sehr hell. Außerdem zog eisige Kälte durch den Stollen und ich lief einen Schritt schneller, um mich ein wenig warmzulaufen. Endlich kam ich an eine steinerne Treppe. Hier musste es zum Schloss hinauf gehen. Vorsichtig schritt ich nach oben. Überall in den Wänden befanden sich Nischen und alte verwitterte Holztüren. Ich drückte die schmiedeeisernen Klinken, doch keine dieser Türen ließ sich öffnen. Schließlich gelangte ich in einen großen düsteren Raum.

An den Wänden hingen dutzende Trophäen. Möglicherweise ging der Hausherr gern zur Jagd. An der Stirnseite des Raumes hatte man einen großen Kamin in die Wand eingelassen. Doch es brannte kein Feuer darin. Es war bitterkalt in diesem Raum und ich konnte die Rauchfahne meines Atems sehen. Alles lag verlassen vor mir. Es wirkte auf mich, als sei das Schloss unbewohnt. Allerdings gab es noch viele Zimmer, die ich sehen wollte. Und mein Rundgang wurde nicht unterbrochen. Kein menschenfressendes Ungeheuer verstellte mir den Weg, auch kein blutsaugender Graf tauchte leichenblass vor mir auf. Nichts! Nur die rätselhafte Stille und diese Einsamkeit, aber auch der Wind, der die Läden an den Fenstern gespenstisch

klappern ließ, verbreiteten ein gruseliges Fluidum. Ohne mich davon beirren zu lassen, lief ich weiter. Vielleicht traf ich ja doch noch jemanden. Immerhin wollte ich sehr gern den Schlossherren sprechen, wenngleich unangemeldet und auf eine recht ungewöhnliche Weise, sozusagen durch den Hintereingang kommend. Aber ich hatte Pech. Beinahe jedes der zahllosen Zimmer hatte ich schon gesehen, als ich vor einer engen Wendeltreppe stand. Kein Zweifel, hier musste es in eines der Turmzimmer gehen. Meine Neugierde trieb mich nach oben. Oben war wieder eine Tür. Ich öffnete sie und vor mir stand ein Mann, von dem ich annahm, dass es der Hausherr sei. Erschrocken blieb ich stehen, hatte nicht damit gerechnet, doch noch jemanden zu finden.

„Ich habe schon auf Sie gewartet", sagte der Fremde mit relativ ruhiger Stimme. Mit einem solch merkwürdigen Empfang hatte ich nicht gerechnet.

Eher mit einer blutrünstigen Hundemeute, die sich gierig auf mich stürzten.

Allerdings konnte ich mir gut vorstellen, dass mich dieser Mann vermutlich die ganze Zeit beobachtet hatte. Sicher hatte er in jedem seiner Zimmer Kameras installiert. In seinem schwarzen altertümlich wirkenden Anzug sah er ein wenig verstaubt aus. Und sein etwas verkühlter Unterton und sein knochiges Gesicht wiesen eher auf einen dahin kränkelnden Mittfünfziger hin als auf einen stolzen Schlossherren mit tausenden von Geheimnissen. Dennoch schien ihn etwas Merkwürdiges zu umgeben. War es seine krumme Nase, die mich an einen alten Hexenmeister erinnerte oder seine Wortkargheit, die mich doch schon ein wenig irritierte. Ich fragte ihn, warum man das Schloss nicht über die Zugbrücke erreichen konnte. Aber ich erntete dafür nur ein betretenes Schweigen. Überhaupt erschien es mir, als wollte mich dieser Mann zwar sehr gern empfangen, aber auch schnellstens wieder loswerden. Nur, warum holte er nicht die Polizei, wenn ich ihm doch so ungelegen kam. Immerhin war ich bei ihm eingebrochen. Doch dann stellte er sich vor, blieb allerdings sitzen dabei. Mit sonorer Stimme sagte er: „Mein Name ist Fürst Adalbert von Krähenwald. Es ist schön, dass Sie mich besuchen. Bisher kam nämlich noch niemand hierher." Ich staunte, dass der Schlossherr nun doch mit mir sprechen wollte. Hatte ich seine Neugierde geweckt oder war diese Freundlichkeit am Ende nur aufgesetzt? Als ich mich in dem kleinen Zimmer umschaute, fiel mir etwas auf, das mir einen Schock versetzte. In einer Ecke lagen Knochen, menschliche Knochen, wie ich annahm. Der Fürst schien das bemerkt zu haben und meinte, dass diese Knochen nur zur Zierde in dieser Ecke lägen. Ich jedoch verstand diesen sonderbaren Humor ganz und gar nicht. Deswegen kam ich gleich zur Sache. Ich stellte den Fürsten zur Rede, was er wohl zum Verschwinden von all den vielen Leuten meinte. Nach einer Minute des Schweigens wich der Fürst aus. Er versuchte mich abzulenken, schob wieder seine Traurigkeit vor, dass keiner zu ihm aufs Schloss käme und vermutlich deswegen solcherlei Legenden entstanden seien. Aber ich wollte es nun genau wissen, hatte den Fürsten wohl so weit, dass er gar nicht mehr anders konnte, als seine Maske fallen zu lassen. Lange schaute er mich an, als ich ihn erneut zur Rede stellte. Dann stand er unverrichteter Dinge auf und sagte im Vorübergehen: „Folgen Sie mir!" Wir schritten die Wendeltreppe hinab und begaben uns in einen Nebenraum des darunter befindlichen Zimmers. Doch was ich da sah, ließ mir das Blut in den Adern gefrieren. In der Mitte des großen Raumes stand ein großer eiserner Käfig. Darin brüllte ein affenähnliches Wesen, oder war das ein Mensch? Das Wesen fletschte

seine Zäune und brüllte, dass ich ängstlich einen Schritt zurücksprang. Der Fürst jedoch sagte: „Sie brauchen keine Angst zu haben. Das ist Hektor. Wir haben ihn vor vielen Jahren im Wald gefangen. Er ist ein Frühmensch, ein Australopithecus!" Ich konnte nicht glauben, was der Fürst mir da sagte. Ein Frühmensch? Waren die nicht vor Millionen von Jahren ausgestorben? Offenbar aber doch nicht, sonst hätte man dieses Exemplar ja nicht fangen können. Der Fürst erklärte mir, dass es damals, als er das Schloss erbte, mehrere dieser Frühmenschen in diesem Wald gab. Er habe herausgefunden, dass diese Frühmenschen jene Leute, die als vermisst galten, als Nahrung betrachteten. Er habe immer wieder die angefressenen Leichen der Toten im Wald gefunden und bestatte später deren Überreste auf dem winzigen Friedhof im Schlossgarten. Hätte er die Toten liegengelassen, so dass sie von Dorfbewohnern gefunden worden wären, hätte man ihn als Mörder beschuldigt. Niemand hätte ihm geglaubt, dass es Frühmenschen waren, die lediglich auf Nahrungssuche waren.
Dennoch wunderte ich mich, warum der Fürst nie darüber an die Öffentlichkeit getreten war. Immerhin hätte das ja ein Magnet sein können, welches Touristen in ungeahnter Zahl in die Gegend hätte holen können. Um die Frühmenschen hätten sich Forscher gekümmert. Der Fürst hingegen wollte das nicht, bekundete, dass seine Vorgehensweise angeblich die einzige und beste Variante gewesen sei. Mich stellte das Ganze

ganz und gar nicht zufrieden. Wie sollte ich meine Reportage schreiben, wenn ich ausgerechnet dieses wichtige Detail, welches zur Aufklärung der Todesfälle beitragen könnte, verschwieg. Denn dem Fürsten war es keineswegs recht, dass ich darüberschrieb.

Ich dankte dem Fürsten für seine Bereitschaft, wenigstens mich aufzuklären, wenngleich ich mich wunderte, dass er mir überhaupt das alles zeigte. Mit einem Händedruck verabschiedete er mich und ließ sogar die Zugbrücke herunter. Quietschend und klappernd gab sie den Weg über den Wassergraben frei. Auf meine Frage nach dem Feuer, welches gen Himmel flog, bekam ich keinerlei Antwort. Hinter mir vernahm ich noch das dumpfe Grollen, welches von der Anwesenheit dieses mysteriösen Frühmenschen kündete. Als sich die Zugbrücke langsam wieder schloss, sah ich den Fürsten, der mir mit ernster Miene hinterher starrte und mich ratlos zurückließ. Ich überlegte, wie ich meine Reportage schreiben sollte und wie ich dem Bürgermeister von meinen Erlebnissen berichten sollte, ohne den Frühmenschen zu erwähnen. Sollte ich überhaupt den Bürgermeister mit einbeziehen oder sollte ich doch zur Polizei? Immerhin gab es Todesfälle. Und der vermeintliche Frühmensch lebte noch! Ich ging zu meiner Pensionswirtin. Doch ich wusste nicht, ob ich ihr von meinen Beobachtungen berichten sollte. Wie würde sie reagieren, wenn sie all das hörte? Konnte ich das überhaupt tun? Trug nicht auch ich eine gewisse

Verantwortung? Mir erschien das dann doch zu unsicher und ich ging zur Polizei. Ich war fest entschlossen, dort von dem Geheimnis zu erzählen. Der Beamte, dem ich mich anvertraute, schaute ebenso misstrauisch wie der Fürst.

Doch als ich ihm von dem ominösen Frühmenschen erzählte, wollte er es genau wissen. Er holte sich zwei seiner Kollegen und wollte sich selbst ein Bild von alledem machen. Gemeinsam zogen wir los. Immerhin gab es nun einen Verdacht, dem nachgegangen werden musste. Ich führte die Beamten zu der Baumwurzel mit dem Zahlenschloss. Die Nummer hatte ich mir behalten und auf einen Zettel geschrieben. Schnell gelangten wir in die Katakomben des Schlosskellers. Wir durchschritten den Stollen und standen alsbald in dem Raum mit dem Kamin und den Trophäen an den Wänden. Und es war ganz merkwürdig, auch diesmal war der Fürst nicht zugegen. Wieso kam er nicht, wenn doch die Polizei in seinem Schloss herumstöberte. Das konnte ihm doch unmöglich recht sein. Als wir in dem Seitenraum standen, konnte ich es nicht fassen. Weder war da ein großer Käfig noch befand sich ein blutrünstiger Frühmensch in dessen Inneren. Es war, als sei nie etwas dergleichen in diesem Zimmer gewesen. Und vom Fürsten selbst fehlte jede Spur. Was ging hier nur vor?

Als ich aus dem Fenster schaute, bemerkte ich einen Feuerball, der von einem der Türmchen in den Himmel raste. Die Flammen loderten beängstigend in alle Richtungen und ich zeigte den

Beamten dieses unfassbare Schauspiel. Die schüttelten ratlos mit ihren Köpfen und wussten wohl nicht so genau, ob sie das alles wirklich glauben sollten oder nicht. Das Schloss aber war menschenleer. Und einen Frühmenschen fanden wir erst recht nicht. Dafür bemerkte ich, dass der Feuerball gar nicht in den Himmel geflogen war. Vielmehr war er aufs Dach des Schlosses gestürzt, welches sofort in Flammen aufging. Rasend schnell fraßen sich die lodernden Flammen durch die Gebäude des Schlosses. Wir hatten große Mühe, die Anlage rechtzeitig zu verlassen. Offenbar war hier mit Brandbeschleunigern gearbeitet worden. Wollte hier jemand seine Spuren verwischen? Innerhalb weniger Minuten stand das gesamte Schloss in Flammen. Es hatte keinen Sinn, die Feuerwehr zu rufen. Wie sollte sie sich den Weg durch diese zugewachsene Gegend bahnen. Wir konnte nur noch zusehen, wie das Schloss vor unseren Augen buchstäblich in Rauch und Asche versank. Kurze Zeit später stand nur noch die verkohlte Ruine des Schlosses vor uns. Damit schien das Geheimnis von „Schloss Krähenwald" für immer verloren. Ein Gutes aber hatte das alles. Es kamen tatsächlich unzählige Besucher in die Gegend. Alle wollten die Schlossruine sehen und waren auf der Suche nach dem Menschen fressenden Frühmenschen. Den Bürgermeister freute das sehr. Und als er meine Reportage las, bedankte er sich für die gelungene Aktion, das Gebiet wieder attraktiver werden zu lassen. Ich jedoch war ganz und gar nicht glücklich mit dem Ergebnis. Leider aber gab es nun das Schloss nicht mehr. Wohl oder übel musste ich abreisen. Am Abend vor meiner Abreise lief ich noch einmal durch die verbrannte Ruine des Schlosses und setzte mich auf einen Stein. Da fiel mir ein seltsamer Kasten auf, der in der Asche lag. Erst dachte ich, es sei ein großes Mauerstück, doch als ich den Ruß abwischte, bemerkte ich, dass es ein Tresor sein musste. Da er nicht sehr groß war, konnte ich ihn bis zu meinem Wagen tragen. In der Pension versuchte ich, ihn zu öffnen. Das ging nicht sehr schwer, denn die alte Mechanik hatte bei dem verheerenden Brand sehr stark gelitten. In seinem Inneren fand ich ein dickes Buch. Es war schon stark verrottet und ich musste vorsichtig damit umgehen, damit es nicht zerfiel. Es entpuppte sich als Chronik von „Schloss Krähenwald"! Manche Seiten ließen sich beim besten Willen nicht mehr entziffern. Doch das, was ich entziffern konnte, schien das Geheimnis des Schlosses zu lüften, wenngleich nicht vollständig, und ich konnte nicht glauben, was ich da las. Demnach war die alte Fürstin von Krähenwald ebenfalls ein Frühmensch. Die Gattung der Art „Australopithecus" kam einst in diese Gegend und überlebte. Die Fürstin hatte einen Sohn. Nachdem sie gestorben war, verließ er das Schloss und lebte im Wald. Doch da kam plötzlich das Feuer vom Himmel. Blutrünstige Lebewesen, Aliens, traten aus dem Feuerball und bemächtigten sich des Schlosses. Der Sohn der alten Fürstin wurde gefangen genommen und im Schlosskeller eingesperrt. An ihm wurden Tests und Studien durchgeführt. Die Aliens aus dem Feuerball nahmen wohl an, dass es sich bei ihm um einen Bewohner der Erde handelte. Dass es sich nur um eine überlebende Rasse der Frühmenschen handelte, wussten sie nicht. Doch dann trafen sie auf die wirkliche Bevölkerung und entführten immer wieder Menschen. Diese Leute mussten für die Forschungszwecke der Aliens sterben. Die Morde schoben sie dem Frühmenschen zu, den sie künstlich über die vielen Jahrhunderte am Leben hielten. Er war das Opferlamm, welches die Aliens brauchten, um selbst nicht erkannt zu werden. Fürst von Krähenwald war einer dieser Aliens. Als ich die Polizei hinzuzog, glaubte er sich enttarnt und floh. Da sich die Aliens mit Feuer sehr gut auszukennen schienen, zündeten sie das Schloss an. Nun gab es keinerlei Beweise mehr, glaubten sie. Doch an die mysteriöse Chronik dachten sie nicht. Nur, wer hatte die geschrieben? Da musste doch noch jemand sein, der all das aufgeschrieben hatte? Denn die Aliens konnten es nicht gewesen sein und die Frühmenschen? Gab es die vielleicht noch? Als ich die Schlossruine verließ und durch den Wald zu meinem Fahrzeug lief, sah ich zwischen den Bäumen zwei merkwürdige Gestalten. Ich versuchte, Genaueres zu erkennen. Doch als ich mir den Weg durchs Gebüsch bahnte, um zu den Fremden zu gelangen, sah ich nur noch, wie sie durch die Sträucher davonsprangen. Und ich war mir sicher, dass es sich bei einem der beiden mit Sicherheit um den Frühmenschen handelte, den ich damals auf dem Schloss im Käfig gesehen hatte!

Rote Lichter

Leonie Dunbar studierte an der legendären Oxford University in England. Sie wollte Physikerin werden und ihre Zukunftspläne schienen bereits fix und fertig. In ihrem Studentenwohnheim, wo sie ein winziges Zimmer bewohnte, fühlte sie sich eigentlich sehr wohl. Es war zwar nicht sonderlich gemütlich, dafür aber hatte sie aber einen alten Kühlschrank, eine Heizung und ein Bett. Mehr brauchte sie ja auch nicht. Und den Rest ihrer Zeit musste sie ohnehin mit Lernen verbringen. Nur eines störte sie sehr, die beiden rot leuchtenden Lampen an diesem alten Kühlschrank. Die konnte sie sogar noch von ihrem Bett aus sehen. Irgendwie flößten ihr die roten Lampen Angst ein. Doch es waren ja nur Kontrolllämpchen, die anzeigten, dass der Kühlschrank funktionierte und die Kühlung die richtige Temperatur hatte. Wie also konnte sie vor diesen Lämpchen Angst haben. An jenem denkwürdigen Freitagabend kehrte sie erst spät in ihr Zimmer zurück. Sie hatte sich etwas Leckeres zu essen besorgt und wollte es sich zubereiten. Es gab ausnahmsweise mal nicht Makkaroni mit Ketchup, sondern ein gebratenes saftiges Steak mit Nudeln. Es schmeckte einzigartig gut, nur fühlte sich Leonie ein wenig voll. Da sie sehr müde war, zog sie sich alsbald in ihr Bett zurück. Aber sie konnte einfach nicht einschlafen. Der Magen drückte und ihr wurde übel. So stand sie wieder auf und geisterte durch das Zimmer. Und immer wieder sah sie es, das Licht des Kühlschranks. Die beiden roten Lämpchen glühten wie die roten Augen des Teufels. Leonie wurde immer ängstlicher und zog sich schließlich wieder an, um das Wohnheim zu verlassen. Es war jedoch nicht ungefährlich, nachts über den Campus zu laufen. Schon einige junge Mädchen waren überfallen und übel zugerichtet worden. Dieses Schicksal wollte sie unter keinen Umständen erleiden. Auch war es recht kalt geworden, so dass sie fröstelnd durch das Universitätsgelände lief. Sie kam an dicht stehenden Bäumen vorbei und beäugte argwöhnisch die dahinter befindliche Wiese. Hatte sie da nicht eben ein verdächtiges Geräusch gehört? Nervös lief sie weiter, ihr Wohnheim war ja nicht weit, bei Tageslicht könnte sie schon das Fenster ihres Zimmers sehen. Immer schneller lief sie in Richtung Wohnheim. Doch auch das merkwürdige Geräusch am Wegesrand schien sie zu begleiten. Sie spürte, wie ihr die Angst die Beine zu lähmen versuchte. Ihr Herz schlug Purzelbäume und ihre Hände zitterten wie Espenlaub. Schnell vergrub sie die in ihrer Jackentasche. Plötzlich stolperte sie über einen spitzen Stein. Es tat sehr weh, und sie wollte sich mit den Händen an einem der Bäume festhalten. Dazu zog sie in Windeseile ihre Hände aus den Jackentaschen. Doch dabei fiel ihr unglücklicherweise der Schlüsselbund mit dem Wohnheimschlüssel aus der Tasche. Klirrend fiel er zu Boden. Sie bückte sich, um ihn zu suchen. Doch er schien wie vom Erdboden verschluckt.

Als sie mit den Händen auf dem Weg herumtastete, um den Schlüssel doch noch zu finden, griff sie plötzlich an etwas Ledernes. Zu Tode erschrocken sprang sie auf und starrte in das düstere Gesicht eines Mannes. Sie wollte davonrennen, aber wohin? Sie hatte ja nicht einmal den Schlüssel für ihr Wohnheim dabei. Der Fremde hielt etwas in seiner Hand. „Na, suchst Du das hier", rief er mit dumpfer Stimme. Dabei klapperte er mit irgendetwas. Und entsetzt musste Leonie zur Kenntnis nehmen, dass es ihr verlorener Schlüsselbund war. Nun schien alles verloren. Der Fremde lachte unangenehm schrill und Leonie glaubte sich schon erwürgt am Wegesrand liegen. Sie flehte den Fremden an, ihr den Schlüssel zurück zu geben. Doch der ließ sich gar nicht auf Leonies Bitten ein. Er grinste nur und sagte dann: „Dafür will ich aber auch etwas haben, Schätzchen, Du bist so jung und so schön. Den Schlüssel kriegst Du nur zurück, wenn Du mir ein paar nette Minuten schenkst." Dabei begann er, seine Hose zu aufzuknöpfen.

Immer weiter näherte er sich der vollkommen erschrockenen Leonie. Die stand wie gelähmt inmitten des dunklen Weges und konnte nicht fassen, was ihr da widerfuhr. Und warum kam keiner vorbei? Manchmal waren so viele Leute um sie herum und nun? Alles schien verloren und sie spürte, wie ihr Mund langsam austrocknete. Die Angst hatte sie fest im Griff und ließ sie nicht mehr los!

Doch plötzlich geschah etwas, das Leonie wohl niemals mehr vergessen würde. Aus einem Fenster ihres Wohnheimes, von dem sie ahnte, dass es ihres war, fuhren zwei grell leuchtende, rote Lichtstrahlen auf den Weg herab. Sie formten sich zu zwei drohenden roten Augen, und zugleich ertönte ein grässliches Brummen und Fauchen. Es hörte sich an, als sei der Teufel erschienen. Zunächst wollte sich Leonie in Sicherheit bringen, wollte davonrennen. Aber dann sah sie, dass es die roten Augen nicht auf sie abgesehen hatten. Nein, es bäumte sie vor dem fremden Mann auf, schrie ihn an und drohte, ihn in sich verschlingen. Dabei blitzten sie derart heftig auf, dass der Fremde schreiend und mit offener Hose davonrannte. Gleichzeitig flog der Schlüsselbund durch die Luft und blieb vor Leonie liegen. Sie brauchte ihn nur noch aufzuheben. Als sie das getan hatte, zog sich das rote Licht zum Fenster des Wohnheims zurück. Leonie rannte wie von Hexen verfolgt ins Wohnheim und schloss sich in ihrem Zimmer ein. Dort wurde ihr klar, dass sie noch einmal mit heiler Haut davongekommen war. Und sie wusste, dass sie ganz bestimmt nicht noch einmal bei Nacht und Nebel ganz allein über den Campus laufen würde. Sie nahm sich vor, eine Kampfsportart zu erlernen, damit sie sich im Falle eines Falles wehren konnte. Als sie sich auf ihr Bett setzte, um den Schreck zu verarbeiten, erblickte sie die beiden roten Lichter an ihrem Kühlschrank. Die blinkten auf einmal ganz seltsam vor sich hin und Leonie wusste plötzlich, wer ihr da geholfen hatte.

Klinik des Grauens

Die kleine Gina war ein lustiges fröhliches Kind. Eigentlich war sie gesund und munter kränkelte sehr selten. So verwunderte es die Mutter, als Gina ganz plötzlich still wurde und sich immer mehr zurückzog. Eines Tages fand die Mutter Gina röchelnd in ihrem Bettchen vor und rief sofort den Notarzt. Gina wurde ins Krankenhaus gebracht und konnte gerade noch gerettet werden. Sie litt an einer Ernährungsstörung und wäre beinahe gestorben. Die Mutter war derart besorgt und ängstlich, dass sie täglich auf der Station des Krankenhauses war. Sie übernachtete sogar zeitweise in einem Zimmer neben der Station und wollte ihre kleine Tochter unter keinen Umständen unbeobachtet lassen. Doch eines Tages geschah etwas Furchtbares. Vollkommen unerwartet starb plötzlich eines der Kinder aus Ginas Zimmer. Ihm ging es eigentlich schon sehr gut und die Ärzte wussten nicht, was es sein konnte. Das Kind starb rätselhafter Weise an einer Lungenentzündung, obwohl die Fenster des Krankenzimmers in jener Winternacht verschlossen blieben und die Heizung einwandfrei funktionierte. Doch etwas schien merkwürdig: Auf der Bettwäsche des Kinderbettchens entdeckte eine Schwester ein mit roter Farbe aufgemaltes umgedrehtes Kreuz, das Zeichen des Satans! Das Personal und die behandelnden Ärzte bekamen einen riesigen Schreck. Hatte am Ende irgendjemand dieses Kind umgebracht? Nur, wer sollte solch eine unfassbare Tat vollbracht haben? Auf die Station gelangten doch ausschließlich das Klinikpersonal und sonst keinerlei fremde Personen. Wer also konnte an jenem entsetzlichen Ereignis die Schuld tragen? Da man keine logische Erklärung und schon gar keinen Täter finden konnte, wurden die Sicherheitsmaßnahmen verstärkt. Alle diensthabenden Ärzte und Schwestern wurden angehalten, noch besser aufzupassen und noch öfter die Krankenzimmer zu kontrollieren. Und obwohl das alles geschah, verstarb wenig später ein zweites Kind. Auch dieses Kind starb an einer Krankheit, die eigentlich hätte gar nicht da sein dürfen. Denn auch dieses Kind befand sich auf dem Weg der Besserung und nichts deutete darauf hin, dass es so plötzlich an einer schweren Krankheit versterben würde. Und es grenzte an Hexerei, denn wieder entdeckte man auf der Bettwäsche dieses in roter Farbe gemalte umgedrehte Kreuz. Wer hatte das dort drauf gezeichnet? Ging ein Kindermörder um oder war jemand vom Personal der Täter? Die Kripo suchte akribisch nach irgendeinem Anhaltspunkt und fand dennoch keinen stichhaltigen Grund. Es war kein Täter zu ermitteln. Und Gina lag noch immer auf dieser Station. Zwar war Ginas Mutter erleichtert, dass es ihrer Tochter schon recht gut ging. Doch die Kunde vom Tod der beiden Kinder versetzte sie in Angst und Schrecken. Keinen Tag länger wollte sie ihre kleine Gina länger in diesem furchtbaren Krankenhaus lassen. Und da sie keine ruhige Minute mehr hatte, wollte sie ihre Tochter von der Station holen. Doch auf dem Gang zum Krankenzimmer kam ihr eine seltsame alte Schwester entgegen. Sie hatte ein fahles, knochiges Gesicht und ihre Augen stachen bedrohlich aus den tiefen Höhlen hervor. Als sie mitbekam, dass Gina nach Hause geholt werden sollte, stellte sie sich der aufgeregten Mutter in den Weg. „Sie können das Kind nicht so einfach mitnehmen. Sie brauchen erst einige Genehmigungen", zischte sie. Doch die Mutter war derart in Rage, dass sie nichts und niemand mehr aufhalten konnte. Weder eine Genehmigung noch irgendeine andere Formalität konnten sie noch bremsen. Laut rief sie: „Das bringe ich später vorbei! Aber mein Kind lasse ich keine Stunde länger hier!" Sie schob die Schwester beiseite und rannte in Ginas Zimmer. Dort fand sie ihre kleine Tochter hustend und ganz rot im Gesicht vor. Auf dem Kopfkissen neben Gina lag ein kleiner Teddybär, der ein Kreuz in seinen Pfoten hielt. Die Mutter hatte ihn in einem kleinen Laden in der Klinik für ihre Tochter gekauft. Sie kam gerade noch dazu, den kleinen Bären aus dem Bettchen zu nehmen und ihrer Tochter in die Hand zu legen, da stürmte auch schon die vermeintliche Schwester in das Zimmer und wolle ihr das Kind entreißen. Sie hatte plötzlich feuerrote Augen und einen eiskalten Atem. Es war der Atem des Todes und die Schwester rief mit düsterer Stimme: „Niemals wirst Du dieses Kind mitnehmen können, denn es ist das dritte Kind, welches sterben muss! Du kannst den Fluch nicht zerstören, niemals!" Dann entdeckte sie den Bären mit dem Kreuz in Ginas Händen und wich entsetzt einen Schritt zurück. Das nutzte die Mutter aus hielt ihre Tochter noch fester im Arm. Sie nahm behutsam den kleinen Bären aus Ginas Händen und hielt ihn der Schwester vor die Nase. Die Schwester schrie laut auf und torkelte zur Seite. Dann fiel sie kraftlos auf den Boden und die Mutter rannte laut um Hilfe rufend auf den Gang. Durch den Lärm wurde das Personal aufmerksam und kam ihr schon entgegengerannt. Sie riefen sofort die Polizei. Als die eintraf, fanden sie die merkwürdige Schwester nicht mehr vor. Lediglich die Bettwäsche auf Ginas Bett wies eine seltsame Zeichnung auf. Ein mit roter Farbe aufgemaltes umgedrehtes Kreuz! Kein Zweifel, das nächste Kind, welches gestorben wäre, konnte nur Gina gewesen sein. Schon am nächsten Tag wurden sämtliche Kinder in ein anderes Krankenhaus verlegt. Gina wurde wieder gesund und die Mutter war froh, ihre Tochter gerade noch rechtzeitig aus der Todesklinik befreit zu haben. Inspektor Klink, der mit dem rätselhaften Fall betraut wurde, fand schließlich heraus, dass auf dem Klinikgelände vor dreihundert Jahren ein altes Kloster stand. In den Aufzeichnungen des Klosters, welche sich nun im Besitz eines Museums befanden, las Klink schließlich, dass es einst eine Nonne gab, die abtrünnig geworden sei. Man sagte ihr nach, dass sie jedes Jahr drei

Kinder ermordete. Es hieß, dass sie mit dem Teufel im Bunde stand und ihm in jedem Jahr drei Seelen versprach. Als man die Nonne schließlich auf frischer Tat ertappte, wurde sie sofort eingekerkert und später zum Tode verurteilt. Sie endete am Galgen, doch bevor man sie zum Tode beförderte, sollte sie noch einen Fluch ausgesprochen haben: „Ich verfluche die Erde, auf dem das Kloster gebaut wurde. Und jedes Jahr wird mein Geist drei Kinderseelen holen! Niemals wird es mehr Frieden geben!" Inspektor Klink wusste, dass das Krankenhaus erst ein reichliches Jahr stand. Das alte Kloster musste wegen Baufälligkeit abgerissen werden. Und nun schien sich dieser Fluch zu bewahrheiten. Die Klinik wurde schließlich geschlossen. Als man später eine christliche Einrichtung dort unterbrachte, sah man am Tag der Weihe des Gebäudes eine rätselhafte alte Frau, die aussah wie eine Krankenschwester vom Gelände rennen. Sie rannte auf ein angrenzendes Waldstück zu und hatte stechend rote Augen. Unmittelbar vor dem Wäldchen verwandelte sie sich in eine große Flamme, die schließlich kurz darauf verlosch und niemals wiederkehrte.